John Burnside
Anweisungen für eine Himmelsbestattung

Ausgewählte Gedichte
Englisch – Deutsch

Aus dem Englischen übersetzt
und mit einem Nachwort von Iain Galbraith

Carl Hanser Verlag

Die Gedichte stammen aus den englischen Originalausgaben
The Myth of the Twin (1994), *The Asylum Dance* (2000),
The Light Trap (2002), *Gift Songs* (2007), *The Hunt in the Forest* (2009),
Black Cat Bone (2011) und *All One Breath* (2014),
erschienen bei Jonathan Cape in London.

1 2 3 4 5 20 19 18 17 16

ISBN 978-3-446-25266-0

Umschlag: Peter-Andreas Hassiepen, München
© bpk | Bayerische Staatsgemäldesammlungen
Satz: Satz im Verlag, Viola Hessemer
Druck und Bindung: Friedrich Pustet, Regensburg
Printed in Germany

FSC
www.fsc.org
MIX
Papier aus verantwortungsvollen Quellen
FSC® C014889

Inhalt

Confiteor	8	*	9	Confiteor
The Fair Chase	10	*	11	Die gerechte Jagd
Ports	34	*	35	Häfen
Settlements	52	*	53	Siedlungen
Fields	68	*	69	Felder
Roads	90	*	91	Wege
The Pit Town in Winter	116	*	117	Zechenstadt im Winter
Faith	118	*	119	Glauben
Pieter Breughel: Landscape with Skaters and Bird Trap, 1565	124	*	125	Pieter Breughel: Winterlandschaft mit Eisläufern und Vogelfalle, 1565
On the Fairytale Ending	128	*	129	Vom märchenhaften Ende
Loved and Lost	130	*	131	Geliebt und verloren
Heatwave	134	*	135	Hitzewelle
Four Quartets:	138	*	139	Vier Quartette:
Saint-Nazaire	138	*	139	*Saint-Nazaire*
By Pittenweem	152	*	152	*Bei Pittenweem*
Le Croisic	174	*	175	*Le Croisic*
Ny-Hellesund	196	*	197	*Ny-Hellesund*
Koi	224	*	225	Koi
The Hunt in the Forest	232	*	233	Die Jagd im Wald
Hyena	234	*	235	Hyäne
Poppy Day	238	*	239	Gedenktag mit Mohnblume
Rich	240	*	241	Rich
Late Show	244	*	245	Spätvorstellung
From the Chinese	246	*	247	Aus dem Chinesischen
Old Man Swimming	250	*	251	Alter beim Schwimmen
Instructions for a Sky Burial	254	*	255	Anweisungen für eine Himmelsbestattung

Hall of Mirrors, 1964	260	*	261	Spiegelkabinett, 1964
Spiegelkabinett, Berlin, 2012	266	*	267	Spiegelkabinett, Berlin, 2012
At the Entering of the New Year (Homage to Thomas Hardy)	270	*	271	Beim Eintritt ins neue Jahr (Hommage an Thomas Hardy)
Devotio Moderna	276	*	277	Devotio Moderna
Hôtel de Grave	280	*	281	Hôtel de Grave
On the Vanishing of my Sister, Aged 3, 1965	282	*	283	Vom Verschwinden meiner Schwester im Alter von 3 Jahren, 1965
Sticklebacks	288	*	289	Stichlinge
Peregrines	292	*	293	Wanderfalken
Choir	294	*	295	Chor
			299	Nachwort
			303	Nachweise

Anweisungen für eine Himmelsbestattung

Confiteor

for Michael Krüger

I heard something out by the gate
and went to look.
Dead of night; new snow, the larch woods
filling slowly, stars beneath the stars.
A single cry it was, or so it seemed,
though nothing I had recognised as native;
and when it came again, I knew for sure.
No badger there. No gathering of deer.

Forgive me, if I choose not to believe
the snow would fall like this, were I not here
to see it.
There might be snow, of course, but not like this,
no hush between the fence line and the trees,
no sense of something other close at hand,
my dwindling torch-beam flickering between
a passing indigo and *lux aeterna*.

I stood a while to listen;
nothing moved
– and then I turned and walked back to the house,
the porch light spilling gold for yards around,
snow at the open door and then, again,
that far cry in the dark behind my back
and deep in the well of my throat
as I live and breathe.

Confiteor

für Michael Krüger

Ich hörte etwas draußen am Tor
und ging, um nachzusehen.
Tiefste Nacht; Neuschnee, langsam füllte sich
der Lärchenwald: Sterne unter den Sternen.
Ein einzelner Schrei, so schien es,
doch nichts, was ich als heimisch erkannte;
und als ich ihn wieder hörte, war ich sicher.
Da war kein Dachs. Dort standen keine Rehe.

Verzeihe, wenn ich nicht glauben möchte,
der Schnee würde genauso fallen, wäre ich
nicht da, um ihn zu sehen.
Natürlich könnte es Schneefall geben, doch nicht so:
keine Stille zwischen Zaun und Waldrand,
kein Gefühl, dass etwas in der Nähe lauert,
der schwindende Strahl meiner Taschenlampe, flackernd
zwischen flüchtigem Indigoblau und *lux aeterna*.

Ich lauschte eine Weile;
es rührte sich nichts
– ich drehte mich um und ging zum Haus zurück,
die Lampe im Eingang verschüttete meterweit Gold,
Schnee lag vor der offenen Tür, und wieder
jener ferne Schrei im Dunklen hinter meinem Rücken
und tief in der Quelle meiner Kehle,
so ich lebe und atme.

The Fair Chase

De torrente in via bibet;
propterea exaltabit caput.
Psalm 109

What we were after there, in the horn and vellum
shadows of the wood behind our house,
I never knew.

At times, it felt like bliss, at times
a run of musk and terror, gone to ground
in broken wisps of ceresin and chrism,

but now and then, the beast was almost there,
glimpsed through the trees,
or lifting its head from a stream

to make us out:
a coarseness on the wind
and brittle voices sifted from the morning.

We tracked the scent through barley fields and hollows,
we followed it into the spinney
with billhooks and sickles,

but nothing was ever there, save the codling moon
and, far in the meadows,
the one field of nothing but grasses

where something had lain,
in a fetor of blood-warmth and pollen,
before it moved on.

Die gerechte Jagd

De torrente in via bibet;
propterea exaltabit caput.
Psalm 109

Was wir in den wie Horn und Velin schimmernden
Schatten des Waldes hinter dem Haus tatsächlich suchten,
habe ich nie gewusst.

Bisweilen fühlte es sich wie Glück an, manchmal
wie eine Spur von Moschus und Schrecken, die bald
in Anflügen von Ceresin und Chrisma aufging,

doch ab und an war die Bestie so gut wie da,
zwischen Bäumen erblickt,
als sie den Kopf vom Bach emporhob,

um uns zu erkennen:
das Derbe, das ihr der Wind zutrug,
und Stimmen, brüchig, aus dem Morgen herausgesiebt.

Der Fährte folgten wir durch Roggenfeld und Hohlweg,
wir folgten ihr mit Hippen und Sicheln
ins Gehölz,

doch nie war etwas da, allein der falbe Mond
und, im einzigen Feld der fernen Auen,
wo nichts als Gras zu sehen war,

die Stelle, wo etwas in einem üblen Dunst
aus Blutwärme und Pollen gelegen hatte,
bevor es weiterzog.

Still, we continued;
when one man sickened and died,
another would take his place in the wandering column,

blacksmiths and lawyers, orchardmen,
butchers in waiting,
lost in the fog, or hallooing after the pack,

and all of them friends of my father's; though, needless to say,
in a country like this, the dead have more friends
than the living.

We were the men you saw
on a winter's morning:
cumbersome bodies, shrouded in gunsmoke and cyan,

we went out every day, in every season,
falconers, rat catchers, deerstalkers, whippers-in,
plucking at shadows, purblind, afraid of our dogs,

and if, on occasion, I never quite saw the point,
I was always the first to arrive, with my father's gun,
bound to the old ways, lost in a hand-me-down greatcoat

and last among equals – flycatcher, dreamer, dolt,
companion to no one,
alone in a havoc of signs.

*

Wir setzten dennoch unsere Suche fort;
als einer erkrankte und starb,
da nahm ein anderer aus der wandernden Kolonne seinen Platz,

Schmiede und Juristen, Obstbauer,
Schlachterlehrlinge,
die sich im Nebel verirrten oder die Meute antrieben,

sie alle waren Freunde meines Vaters; jedoch versteht es sich
von selbst, Tote haben in einem Land wie dem unseren
mehr Freunde als die Lebenden.

Wir waren jene Männer, die man
morgens im Winter sah:
schwerfällige Körper, in Cyan und Pulverdampf gehüllt;

wir gingen jeden Tag aus, zu jeder Jahreszeit,
Falkner, Rattenfänger, Pirscher und Piköre,
wir haschten blind nach Schatten, in Furcht vor den eigenen Hunden,

und auch wenn ich den Sinn davon nicht immer wusste,
kam ich stets als erster an, die Büchse des Vaters zuhanden,
den alten Sitten verpflichtet, im aufgetragenen Mantel verloren,

der Letzte unter Gleichen – Fliegenfänger, Träumer, Tor,
niemandes Weggefährte,
im Zeichenchaos allein.

*

One year, the reservoir froze.
I walked out to the centre of the ice
and gazed down through a maze of gills and weed

to where a god I'd read about in books
– sweeter than pine, but stone-hard in his tomb –
lay waiting for a gaze to curse with knowledge.

The ice was clear as glass: I hunkered in
and dared him, from that unreflecting world,
to pull me through, in one bright flash of rage,

no crack, no sudden drop into the cold,
nothing to witness,
nothing to remember.

Minutes I waited; then the others came
and called me back, the dogs a swarm of noise
and worry, old men's

faces in a mist of their own breath
ashamed for my father's sake
and his father before him.

We carried on; I walked off to one side,
and halfway through the white of afternoon,
I slipped away, unwanted, or unnoticed,

taking a road less-travelled through fields and yards
of stunted brassicas and rotting tyres,
strangers in coveralls or leather aprons

Eines Jahres fror der Stausee zu.
Ich lief aufs Eis bis zur Seemitte hinaus
und blickte durch ein Gewirr von Flossen und Laichkraut hindurch,

es wartete dort ein Gott, von dem ich in Märchen gelesen hatte
– süßer als Pinie, aber steinhart in seiner Gruft –,
wartete auf einen Blick, den er mit Wissen verderben würde.

Das Eis war klar wie Glas: ich ging in die Hocke
und forderte ihn heraus, mich blitzartig, wütend,
in seine gedankenlosen Welt hinunterzuziehen,

ohne Sprung oder Knall, ohne Sturz in die Kälte,
nichts zu bezeugen,
Erinnerung an nichts.

Minuten vergingen; dann kamen die Anderen
und riefen mich zurück, die Hunde ein Gewusel aus Lärm
und Sorge, die Gesichter

von alten Männern, umhüllt vom Nebel ihres Atems,
die sich für meinen Vater schämten,
und für meinen Großvater vor ihm.

Wir gingen weiter; ich entfernte mich von der Gruppe,
und mitten im Weiß des Nachmittags, ob unbeliebt
oder unbemerkt, schlich ich weg und schlug

einen wenig befahrenen Weg ein, durch Felder
und Höfe voll mit Kohlgemüsen und verrottenden Reifen,
wo Fremde, die Overall oder Lederschürze trugen,

stopping to watch as I passed: no hand raised in greeting,
no dog come out
to see me on my way.

That was a foreign country: snowdrifts, then sand,
blotted and kissed with yew-drupes
and windfall holly,

spotted owls hunting for beetles along the hedge,
smoke in the distance, nether roads,
passing bells.

I walked for hours, yet it was light as noon
when I came to a place I thought I had seen before
through a lull in the weather:

nothing to speak of,
a dirt track and sheep in the woods,
and that sense of a burial, under the moss and ruin,

but something was present a few steps into the treeline,
one of those creatures you find in a children's album,
a phantom thing, betrayed by smoke or rain,

or glimpsed through a gap in the fog, not quite discerned,
not quite discernible: a mouth, then eyes,
then nothing.

It lingered a while;
and then, as if it wanted me to play,
it shifted away through the trees – and I followed after.

mich musterten, als ich vorüberging, wo keine Hand
sich zum Gruß erhob, kein Hund
mich ein Stück des Weges begleitete.

Ein fremdes Land: Schneeverwehungen, dann Sandböden,
hie und da von Eibenarillus
und Stechpalmensamen geküsst,

wo Fleckenkäuze nach Käfern entlang den Hecken jagten,
und in der Ferne Rauch, niedere Straßen,
Totengeläut.

Ich ging stundenlang, doch war es hell wie der Mittag,
als ich an eine Stelle kam, die ich glaubte, gesehen zu haben,
als das Wetter sich einmal geklärt hatte:

da war nichts Besonderes,
ein Feldweg und Schafe im anliegenden Waldstück,
und das Gefühl, unter Moos und Ruin läge etwas begraben,

doch etwas war da, einige Schritte hinter der Baumlinie,
ein Geschöpf, so wie man sie in Kinderalben findet,
ein Phantomwesen, von Rauch oder Regen verraten,

oder durch eine Nebellücke erblickt, nicht wirklich erkannt
oder erkennbar: ein Maul, dann Augen,
dann nichts.

Es blieb eine Weile stehen;
dann, als wollte es mit mir spielen,
bewegte es sich zwischen den Bäumen fort – und ich danach.

Crashing through cover, ducking through sumac and maple
it leapt and ran, though never so fast or so far
that I couldn't keep pace

and when I paused for breath, it also paused
and stayed,
as if it wanted me to follow.

I never saw it clear, but it was there:
sometimes the brown of a roe-deer, sometimes
silver, like a flight of ptarmigan,

it shifted and flickered away
in the year's last light
and I came after, with my heavy gun,

trudging for miles
through meadows laced with rime,
working by scent

and instinct, finally
true to myself,
with the body and a mind of a hunter

and by the time I stepped into a glade
candy-striped with light and frosted grass,
I knew exactly what a man should do

in my position – lucky, singled out
by death and beauty for the blessèd kill,
assenting to the creature's dumb assent

Es polterte durchs Gebüsch, duckte sich unter Sumach,
rannte zwischen Ahorne, doch nie so schnell oder so weit,
dass ich nicht mithalten konnte,

und als ich anhielt, um zu verschnaufen, blieb es auch
kurz stehen,
als sollte ich ihm folgen.

Ich habe es niemals deutlich gesehen, doch war es da:
manchmal braun wie ein Reh, manchmal
silbern, wie aufgestöberte Schneehühner,

drehte es sich und schwirrte
im letzten Licht des Jahres davon;
mit dem schweren Gewehr im Arm jagte ich ihm nach,

schleppte mich meilenweit,
durch rauhreifbedeckte Wiesen,
mich nur auf Witterung

und Instinkt verlassend, mir selbst
nun endlich treu,
mit dem Körper und Verstand eines Jägers,

und als ich eine von Licht und Frost
bunt gestreifte Lichtung betrat,
wusste ich sofort, was ein Mann in meiner Lage

zu tun hat: ich, Glücklicher, von Tod und Schönheit
dazu erkoren, den gesegneten Stoß zu versetzten,
willigte in die stumme Einwilligung des Tieres ein,

to blood and darkness
and the life
beyond.

I took a bullet,
loaded it with care
and aimed with an intent that felt like love,

though I only knew love
by hearsay
and stubborn lack.

No sound, no movement; all the world was still
and not a creature in it
but ourselves,

me taking aim
and the animal stopped in its tracks,
waiting to see what would happen, unafraid,

a deer, I thought, and then I saw a fox,
and thinking I knew what it was
I pulled the trigger.

*

The old days were better for mourning;
better for tongue-tacked women
in ruined plaid

sich Blut und Finsternis
und dem Jenseits
hinzugeben.

Ich nahm eine Kugel,
lud sie mit Vorsicht
und legte mit einer Entschlossenheit an, die sich wie Liebe anfühlte,

auch wenn ich Liebe lediglich
vom Hörensagen
und von ihrer hartnäckigen Abwesenheit kannte.

Kein Laut, keine Bewegung; die ganze Welt war still,
in ihr kein einziges Wesen
außer uns:

ich, der ich anlegte,
und das Tier, das wie angewurzelt
und ohne Furcht abwartete, was nun passieren würde:

ein Reh, dachte ich, dann sah ich einen Fuchs,
und im Glauben, ich wüsste, was es war,
drückte ich ab.

*

Zum Trauern waren die alten Tage besser;
besser für mundfaule Frauen
in verschlissenem Plaid,

climbing a hillside
to gather the rainwashed bones
of what they had lost, that winter, to the cold,

and men in the prime of their lives,
with dwindled sight,
dreaming all night of that slow white out by the river

where, once or twice a year,
a girl would drown,
pledging her heart to a boy she had mostly imagined.

I remembered the flow country, then,
as the gunsmoke darkened:
I'd go there as a child on Sabbath days,

my father asleep in his church clothes, a fret of chickens
wandering back and forth
at the kitchen door,

a lull in the house and that emptiness high in the roof
as if someone had frittered away
in a summer wind.

I'd go out in my Sunday clothes and shoes
to the shimmer and dart
of sticklebacks threading the light

and search for something I could never name,
the blue of a smile, or the curious
pleasure of the doomed, as they go under;

die den Hang hochstiegen,
um die vom Regen gewaschenen Gebeine all dessen zu sammeln,
was sie in jenem Winter an die Kälte verloren hatten,

oder für Männer in den besten Jahren,
mit nachlassendem Augenlicht, die die ganze Nacht hindurch
von jenem trägen weißen Schimmer am Fluss träumten,

wo ein-, zweimal im Jahr
ein Mädchen ertrank, das sein Herz
einem meist phantasierten Jungen geschenkt hatte.

Ich erinnerte mich an die Sumpflandschaft von damals,
während die Wolke aus Pulverdampf dunkler wurde:
als Kind war ich sonntags dorthin gestromert,

während Vater nach der Kirche schlief, noch im Anzug,
und vor der Küchentür eine Schar von Hühnern
hin und her liefen:

es war eine Flaute im Haus, und unter den Dachbalken jene Leere,
als hätte sich jemand
im Sommerwind aufgelöst.

Hingelaufen war ich damals im Sonntagsstaat
und besten Schuhen zum flitzenden Schimmern
der Stichlinge im Sonnenlicht,

suchte nach etwas, was ich nicht benennen konnte,
das Blau eines Lächelns, oder die seltsame Lust
der Todgeweihten beim Untergang;

and that was what I hurried out to see,
crossing the space
to where the beast went down

but all I could find when I got there, standing dismayed
in the stopped air of afternoon, with smoke on my lips
and my heart like a fettered thrush in the well of my throat,

all I could find was an inkwash of blear in the grass
like the fogged stain after a thaw,
and a ribbon of musk

threading away to the trees
and the distance beyond:
no body, no warmth, no aftermath, nothing to prize,

with the night coming down all at once,
like a weight at my shoulders,
settling in waves, till all I could see was my hands.

*

Everyone becomes
the thing he kills
– or so the children whisper, when they crush

a beetle or a cranefly in the dust,
feeling the snuff of it bleed
through the grain of their fingers;

und das einmal zu sehen, ließ mich nun
quer über die Lichtung zur Stelle eilen,
wo das Tier gefallen war,

doch alles, was ich fand, als ich bestürzt in der erstarrten Luft
des Nachmittags dort ankam, mit Dunst auf der Zunge,
das Herz wie eine gefesselte Drossel im Brunnen der Kehle,

alles, was ich fand, war eine rußige Schmierspur im Gras,
wie jene nebelhaften Verfärbungen im Schnee nach der Schmelze,
und ein Faden aus Moschus,

der sich in die Bäume fortschlängelte,
und in die Ferne, die dahinter lag:
kein Körper, keine Wärme, kein Nachspiel, kein Preis,

und dann brach die Nacht herein, rasant, wellenartig,
wie eine Last lag sie mir auf den Schultern,
und ich konnte nurmehr meine Hände sehen.

*

Jeder wird zu dem,
was er tötet
– so heißt es jedenfalls bei Kindern, die einen Käfer

oder eine Schnake im Staub zerquetschen
und den Feinkorn des Todes durch die Maserung
ihrer Finger rieseln fühlen;

I'd always thought of that
as superstition:
a wishful thinking, how the spirit moves

from one shape to the next
like breath,
or warmth,

infinite kinship, laid down in the blood
against the sway
of accident and weather;

yet out in the woods that night, as I dug myself in
to wait for the day, I felt it in my gut,
a gravity I'd never known before

dragging me down
so it seemed I would cleave to the earth,
the life I had taken

snug as a second skin.
I should have died, if not for the faint warmth
that held me there, unseeing, in a night

so utter, dawn
was like a miracle:
the trees emerging, piecemeal, from the cold,

a snowflake here, then there, then everything
arriving all at once, as I awoke
and, never having slept, began to walk.

ich hatte das immer für Aberglaube
gehalten:
ein Wunschdenken, dass die Seele

von einer Gestalt zur nächsten übergeht,
wie Atem
oder Wärme,

ewige Verwandtschaft, im Blut schon festgelegt,
gegen die Macht
von Zufall und Wetter;

doch in jener Nacht draußen im Wald, als ich mir ein Lager
zurechtmachte, um den Tag abzuwarten, fühlte ich
eine mir unbekannte Schwere im Bauch,

die mich so stark herunterzog,
mir schien, ich klebte am Boden,
und dass das Leben, das ich soeben genommen hatte,

so eng wie eine zweite Haut säße.
Ich wäre sicher gestorben, hätte jene schwache Wärme
mich nicht festgehalten, wie blind in einer Nacht,

die so vollkommen war, dass das Morgengrauen
mir wie ein Wunder erschien:
Bäume traten Stück für Stück aus der Kälte,

hier und da eine Schneeflocke, dann aber
alles auf einmal, so dass ich, der ich nicht geschlafen hatte,
wach wurde und zu laufen begann.

I didn't know how far I was from home,
but nothing looked familiar
– not the woods

and not the road I found that afternoon,
dizzy from cold and hunger, hurrying on
though empty yards and desolate plantation,

nothing alive
as far as the eye could see,
only the white of the sky, like a wondering gaze

pursuing me from one field to the next,
from ditch to ditch,
from wall to broken wall.

I walked like that for days. The road led on
through spruce and lodgepole pine, then dipped away
to where a village lay, warmed in a crook

of hills that seemed familiar, suddenly:
a spill of lights and woodsmoke and a kirk
that made me think of something in a book

before I made it out. My dead were there
among the tilted stones;
I knew the market cross; I knew the spire;

but everything was strange, even the house
I came to at the far end of the lane
that passed the abattoir then crossed the brook

Wie weit ich mich von zu Hause entfernt hatte, wusste ich nicht,
aber nichts kam mir bekannt vor
– weder die Wälder

noch die Straße, die ich, noch schwindlig vor Hunger
und Kälte, an jenem Nachmittag fand, und auf der ich
durch leere Gehöfte und verwahrloste Plantagen weitereilte,

und kein Lebewesen,
so weit der Blick reichte,
sondern nur das Weiß des Himmels, wie ein neugieriges Auge,

das mich von einem Feld zum nächsten verfolgte,
von Graben zu Graben,
von Mauer zu verfallener Mauer.

So lief ich tagelang weiter. Die Straße führte
zwischen Fichten und Drehkiefern, fiel irgendwann
zu einem Dorf hinab, von einer kleinen Hügelgruppe

hegend umringt, die mir auf einmal vertraut schien:
Holzrauch, verstreutes Lampenlicht, eine Kirche,
die mich an etwas aus einem Buch denken ließ,

bis ich sie erkannte. Meine Toten lagen hier,
unter den schrägen Grabsteinen,
ich kannte das Marktkreuz, den Kirchturm auch;

doch alles hatte etwas Seltsames an sich, sogar das Haus
am anderen Ende der Gasse,
die am Schlachthof vorbeiführte und dann den Bach überquerte,

and finished at the unclipped cypress hedge
where no one lived next door,
though there were ghosts,

so frail, I only knew them by the sound
the wind made
when it worried at the shutters.

*

Nobody lives
here now, it's only
crows and bees

and every shift
and slant
is an event,

historic
in its void
of mud and wire.

Yet now and again
I have turned
in a falling shadow

and caught a glimpse
of something
at my back,

ehe sie die unbeschnittene Zypressenhecke erreichte,
wo keiner uns nebenan wohnte,
obwohl es Gespenster gab,

die so gebrechlich waren, ich erkannte sie
nur am Geräusch des Windes,
der sich mit den Fensterläden zu schaffen machte.

*

Hier lebt
keiner mehr, nur
Krähen und Bienen,

und jede Verschiebung,
jede Schräge,
ist ein Ereignis,

historisch
in seiner Leere
aus Schlamm und Draht.

Doch hin und wieder,
als ein Schatten fiel,
dreht ich mich um

und erhaschte
etwas Flüchtiges
an meinem Rücken,

not heard, or seen,
but felt,
the way some distant

shiver in the barley registers,
before I can think to say
it was never there.

The hunters pass at daybreak, casting
curious looks at my door, but no one is here
to see, as they enter the mist

and disappear.
Nobody lives here now, not even me,
and yet the house is mine – a net of dreams

and phantoms
and that living animal
I followed through the woods: locked in my bones

and calling for the life it must have had
far in the green of the pines, and the white of the snow,
where I am hunting, hunting even now,

hearing that cry
and turning my head,
for an echo.

ich hörte nichts, sah nichts,
spürte es nur,
wie wenn irgendein Zittern

draußen im Gerstenfeld
meine Aussage überholt,
dass nichts dort gewesen ist.

Frühmorgens gehen die Jäger vorbei,
werfen neugierige Blicke auf meine Tür, doch hier ist
niemand zu sehen; im Nebel ziehen sie

weiter und verschwinden.
Hier lebt keiner mehr, nicht einmal ich,
das Haus gehört mir dennoch – ein Netz aus Träumen

und Gespenstern,
samt jenem lebendigen Tier,
das ich durch den Wald verfolgte: eingeschlossen in meinen Knochen

ruft es nach dem Leben, das es einmal gehabt haben muss,
im fernen Grün der Pinien, im Weiß des Schnees,
wo ich jage, sogar jetzt jage,

seinen Schrei höre
und den Kopf drehe,
horchend auf einen Widerhall.

Ports

Pas de port. Ports inconnus.
Henri Michaux

I Haven

Our dwelling place:
the light above the firth
shipping forecasts
gossip
theorems

the choice of a single word to describe
the gun-metal grey of the sky
as the gulls
flicker between the roofs
on Tolbooth Wynd.

Whenever we think of home
we come to this:
the handful of birds and plants we know by name
rain on the fishmonger's window
the walleyed plaice
freckled with spots
the colour of orangeade.

We look for the sifted light
that settles around the salvaged
hull of the *Research*
perched on its metal stocks
by the harbour wall

Häfen

Pas de port. Ports inconnus.
Henri Michaux

I Heimathafen

Unser Wohnort:
das Licht über der Förde
Seewetterdienste
Klatsch
Lehrsätze

die Wahl eines einzigen Worts, um das metallische Rauchgrau
des Himmels zu beschreiben
während Möwen
zwischen den Dächern in der Tolbooth Wynd
aufblitzen.

Wann immer wir an Zuhause denken
kommen wir auf dasselbe zurück:
die Handvoll Pflanzen und Vögel, die wir beim Namen kennen
Regentropfen am Fenster des Fischladens
die schielende Scholle
mit ihren orangensaftfarbenen
Sommersprossen.

Wir suchen das gesiebte Licht
das sich um den geborgenen
Rumpf der *Research* sammelt
die mit zertrümmertem
nun schon halb restauriertem Kiel

its smashed keel half-restored
                                        the workmen
caged in a narrow scaffold
                                    matching the ghosts
of umber and *blanc-de-Chine.*

We notice how dark it is
                                    a dwelling place
for something in ourselves that understands

the beauty of wreckage
                                    the beauty
of things submerged

II **Urlicht**

                                    – our
dwelling place:
                        a catalogue of wrecks
and slants of light –

never the farmsteader's vision
of angels
            his way-side shrines
to martyrs and recent saints
                                        the rain
gleaming on wrapped chrysanthemums
                                                    forced
roses and pinks –

auf Stahlböcken an der Hafenmauer hockt
während Arbeiter
eingesperrt im engen Gerüst
die Gespenster
von Umbra und *Blanc-de-Chine* aufeinander abstimmen.

Wir merken, wie dunkel es ist
ein Wohnort
für etwas in uns, das die Schönheit

eines Wracks begreift
die Schönheit
von untergetauchten Dingen

II Urlicht

– unser
Wohnort:
ein Verzeichnis der Wracks
und Schrägen des Lichts –

niemals jenes Engelbild
des Hofbauers
seine Bildstöcke am Wegesrand
für Märtyrer oder neue Heilige
der Glanz
des Regens auf eingepackten Chrysanthemen
die getriebenen
Rosen und Nelken –

here we have nothing to go on
or nothing more
than light and fog
a shiver in the wind
or how the sky can empty all at once
when something like music comes
or rather
something like the gap between a sound
and silence
like the ceasing of a bell

or like the noise a tank makes as it fills
and overflows.

How everyone expects
that moment when a borrowed motor stalls
half-way across the channel
and you sit
quiet
amazed by the light
aware
of everything
aware of shoals and stars
shifting around you
endlessly

entwined.
Our neighbour
John
who spends his free time diving

hier gibt es keine Anhaltspunkte
oder lediglich
Licht und Nebel
das Frösteln im Wind
oder wie sich der Himmel auf einmal leeren kann
wenn etwas wie Musik kommt
oder vielmehr
etwas wie die Lücke zwischen einem Ton
und der Stille
wie das Verklingen einer Glocke

oder das Geräusch eines Wasserbehälters, der sich füllt
und dann überläuft.

Oder wie alle an jenen Augenblick
mitten in der Meeresenge denken, in dem der Motor
des ausgeliehenen Boots aussetzt
und man dann dort sitzt
still
erstaunt über das Licht
alles
wahrnehmend
der Schwärme und Sterne gewahr
die sich beständig verschieben
auf ewig

miteinander verbunden.
Unser Nachbar
John
der seine Freizeit mit Tauchen verbringt

plumbing the sea for evidence and spilt
cargoes
          who has burrowed in the mud
to touch the mystery of something absolute

can tell you how
                    out in the Falklands
he walked inland
climbing a slope where blown sand turned to grass
the emptiness over his head
like a form of song.
He still has the pictures he took
                              of backward glances
of whale bones on the shore
                              the wind exact
and plaintive in the whited vertebrae.

He'd been out diving
                         finding the shallow wrecks
of coalships from Wales
                         and one old German
sail-boat
          whose quick-thinking crew
had scuppered it just offshore
to douse a fire:

a cargo of beer and gunpowder
still in the hold
each stoppered bottle
sealed with water weed.

und den Meeresgrund nach Beweisen und verlorenem Frachtgut
absucht
          der im Grundschlamm grub
um das Geheimnis von etwas Absolutem zu berühren

kann dir erzählen
                    wie er auf den fernen Falklandinseln
ins Landesinnere lief und einen Hang
hochkletterte, wo verwehter Sand dem Gras gewichen war
und wo sich die Leere über seinem Kopf
wie eine Art von Gesang anhörte.
Die Fotos hat er noch
                         die er von seinen Rückblicken
von Walknochen am Strand machte
                                        wo der Wind präzise
und klagend durch gebleichte Rückenwirbel blies.

Er kam gerade vom Tauchen
                              hatte die Wracks walisischer Kohlenfrachter
in flachem Wasser gefunden
                              auch ein altes deutsches
Segelschiff
          dessen schlaue Besatzung
es kurz vorm Ufer versenkt hatte
um einen Brand zu löschen:

seine Fracht aus Bier und Schießpulver
war noch immer im Laderaum
und für jede Flasche mit Stöpsel
ein Siegel aus Seetang.

He'd walked less than a mile
when
settled upon its haunches
as if it had recently
stopped to rest

he found a carcass: one of those feral
cattle that wander the dunes
a long-forgotten
ghost of husbandry.

It might have been there for years
but it looked alive
the way it had been preserved
in the cold dry air
and he stood in the wind to listen
as if he might hear
radio in the horns
or ancient voices
hanging in the vacuum of the skull.

He had his camera
but couldn't take
the picture he wanted
the one he thinks of now
as perfect
– he couldn't betray
that animal silence
the threadwork of grass through the hide
the dwelling place
inherent in the spine

that

Er war eine knappe Meile gelaufen
als
er einen Kadaver in Sitzhaltung
entdeckte
als hätte dieser kürzlich angehalten

um sich auszuruhen: eines jener Rinder
die halbwild durch die Dünen streifen
halbvergessene
Gespenster der Viehzucht.

Es könnte seit Jahren dort gewesen sein
sah aber lebendig aus
wie konserviert
durch die kalte trockene Luft
und er weilte kurz dort und lauschte im Wind
als könnten
die Hörner Radio empfangen
oder als hoffte er
im Leerraum des Schädels urzeitliche Stimmen zu hören.

Seine Kamera hatte er dabei
doch die ersehnte Aufnahme
war nicht zu machen
jene Aufnahme
die er heute als vollkommen betrachtet
– das Schweigen des Tiers
konnte er nicht verraten
jenes Gewebe von Grashalmen im Fell
den Wohnort
der noch der Wirbelsäule eigen war

jene

kinship of flesh with flesh.

When we go walking
early
at the furled edge of the sea

we find dark webs of crabmeat
herring-bone
wet
diaphragms of stranded jellyfish

spring water mingles with salt beneath the church
where Anstruther's dead are harboured in silent loam
sea-litter washes the wall where the graveyard ends
a scatter of shells and hairweed
and pebbles of glass
made smooth
in the sway of the tide.

From here
amongst the angel-headed stones
we see the town entire:
the shiplike kirk
the snooker hall above the library

the gift-shop on the corner
windows packed
with trinkets of glass
and pictures of towns like this

III Anlegestelle

Verwandtschaft von Fleisch mit Fleisch.

Laufen wir
in der Frühe
am Saum des Meeres entlang

finden wir dunkle Krabbenfleischknäuel
Heringsskelette
die schleimigen
Membranen gestrandeter Quallen

Quell- und Seewasser vermischen sich vor der Kirche
wo Anstruthers Tote im stummen Lehm vor Anker liegen –
an der unteren Friedhofsmauer abgelagertes Treibgut
verstreute Muscheln und Algen
vom Taumel der Gezeiten
abgeschliffene
runde Glaskiesel.

Von hier aus
zwischen engelsköpfigen Steinen
sehen wir die ganze Stadt:
die schiffsähnliche Kirche
den Snooker-Saal über der Bibliothek

den Souvenirladen an der Ecke
dessen Fenster mit Glasnippes
und Bildern von Städten wie dieser
vollgestopft sind

a rabble of gulls
the scarlet and cherry red
of lifebelts and cars
the bus that will wait by the dock
for minutes
before it returns
to Leven.

By evening the harbour belongs
to men at work.
They're swaddled in orange or lime-green
overalls
their faces sheathed
in perspex: crouched to the blue
of their torches
they are innocent
of presence
flashes and sparks
dancing in the blackness of their masks
as if in emptiness.

Sometimes we stand in the cold
and watch them for hours
– the way
they bend into their flames
like celebrants
immune to everything
that moves or falls around them
isolates
suspended in the constancy
of fire.

eine Meute von Möwen
das Scharlach und Kirschrot
der Rettungsgurte und Autos
der Bus, der einige Minuten lang
am Kai warten wird
ehe er nach
Leven zurückfährt.

Abends gehört der Hafen
den Arbeitern.
In orange und lindgrüne Schutzanzüge
eingehüllt
mit Gesichtern hinter
Plexiglas, hocken sie
vor dem Blau ihrer Schweißflammen
von eigener
Ausstrahlung ahnen sie nichts
wie in einer Leere
tanzen Funken und Blitze
im Schwarz ihrer Schutzmasken.

Manchmal stehen wir in der Kälte
und schauen ihnen stundenlang zu
– wie sie sich
Zelebranten gleich
über ihre Flammen beugen
unempfänglich für alles
das sich sonst in ihrer Nähe regt oder fällt
Isolierte
schwebend in der Beständigkeit
des Feuers.

This time of year
it's night by five o'clock
and as we walk
we harbour something new:
the old pain
neutral and stilled in our blood
like a shipwreck observed from a distance
or one of those
underwater shapes we sometimes glimpse
through hairweed and clouded sand
a shifting form
that catches the eye for a moment
then disappears.

At dusk
above the street
above the painted
shopfronts and roofs
and children walking home in twos and threes
it starts to snow.
At one end of the quay
a boat is docked
– it's mostly fishing vessels here
but this
is tusk-white
with a terracotta keel
a pleasure boat
a hope pursued through years
of casual loss.

It's unattended now
but you could guess

Zu dieser Jahreszeit
ist es um fünf schon dunkel
und beim Laufen
beschäftigt uns etwas Neues:
der alte Schmerz
ist inzwischen gelindert und still in unserm Blut
wie ein Schiffswrack, das man aus der Ferne betrachtet
oder eine jener
Unterwassergestalten, die wir manchmal durch Borstenhaar
und Sandwolken flüchtig erblicken
eine sich wandelnde Form
die unsere Aufmerksamkeit kurz fesselt
dann verschwindet.

In der Abenddämmerung
über der Straße
über den Dächern
und bunten Ladenfronten
den Kindern, die zu zweit oder zu dritt nach Hause laufen
beginnt es zu schneien.
Am Ende des Kais
ist ein Boot vertäut
– hier gibt es hauptsächlich Fischerboote
dieses aber
ist weiß wie ein Stoßzahn
hat einen terrakottafarbenen Kiel
ein Freizeitboot
eine Hoffnung, die jemand während Jahren
beiläufiger Verluste hinweg verfolgt hat.

Zurzeit ist niemand an Bord
etwas vom Besitzer ließe sich aber

its owner from the writing on the hull
a stencilled row of characters that spell
against the painted wood
                                        the word
SERENITY.

In daylight it would seem
almost absurd:
too sentimental
                    gauche
                                inaccurate
a weekend sailor's image of the sea

but now
            as snow descends into the rings
of torchlight
                    and the sky above the harbour
darkens
            it is only what it seems:

a name for something wanted
                                        and believed

no more or less correct than anything
we use to make a dwelling in the world.

an der Schrift am Rumpf erahnen
einer Reihe von mit Schablone gemalten Lettern
die vorm Hintergrund des lackierten Holzes
ein Wort buchstabieren:
SEELENFRIEDE.

Bei Tageslicht erscheint dies
fast lächerlich:
zu sentimental
linkisch
unwahr
das Meeresbild eines Sonntagsmatrosen

doch jetzt
da Schnee in die Lichtkegel
der Taschenlampen fällt
und der Himmel über dem Hafen
dunkler wird
ist es nur das, was es scheint:

ein Name für etwas Ersehntes
und Geglaubtes

das nicht mehr und nicht weniger angemessen ist als alles andere
das wir brauchen, um in der Welt zu Hause zu sein.

Settlements

I A Place by the Sea

Because what we think of as home
is a hazard to others
our shorelines edged with rocks and shallow
sandbanks
                    reefs
where navigation fails

we mark the harbour out
with lights and noise:
flickers of green and scarlet in the dark
the long moan of a foghorn
                                                  when the daylight
thickens and stills

and even when we speak of other things
our prayers include all ships
                                                   all those at sea
navigators   pilots   lobster-crews
the man who is yanked overboard
on a line of creels
whole families of boys and quiet fathers
lost in a sudden squall
                                        a mile from land.

It's not that we surrender to our fear
or trust in nothing

Siedlungen

I Eine Ortschaft am Meer

Weil das, was wir für unser Zuhause halten
eine Gefahr für andere ist
weil unsere Küste, gesäumt mit Felsen
flachen Sandbänken
                                        und Riffs
Navigation versagen lässt

stecken wir den Hafen
mit Licht und Lärm ab:
flackerndes Grün und Scharlachrot im Dunkeln
und wenn das Tageslicht trüb und träge wird
                                                                        das langgezogene
Stöhnen eines Nebelhorns

und sprechen wir auch von anderem
schließt unser Gebet dennoch alle Schiffe ein
                                                                        und alle die auf See sind
Steuermänner   Lotsen   Hummerfischer
den Mann, in einer Reusenleine verfangen
der plötzlich von Bord gezerrt wird
ganze Familien von Jungs und schweigsamen Vätern
die, eine Meile vom Land entfernt
                                                        in einer Sturmbö verschollen gehen.

Nicht etwa, dass wir uns der Angst hingäben
oder in nichts Vertrauen hätten

it's just that the darkness
opens
          on mornings like this
filling with distance and starlight for mile after mile
when we wake to the taste of milk
                                        and the scent of coal
in rooms bequeathed to us by merchantmen
who stocked the roof with powders
                                         sacks of grain
spicetree and crumbs of saffron

it's not that we are lost
or far from home

it's just that the world
seems strange
               on nights like this

when we lie with the ghosts of ourselves
                                             – these habitual flavours:
aloe and eau-de-cologne
                                  and the ribbon of sweetness
that stays on my hands for hours
when I turn
              to sleep

sondern nur, dass an Morgen wie diesem
die Dunkelheit
Meile um Meile
der Ferne und dem Sternenlicht weicht
während wir mit Geschmack von Milch
und Kohlenduft aufwachen
in Räumen von einstigen Händlern
die im Dachboden Pulver-
und Getreidesäcke lagerten
Kanipfeffer und Safrankrümel

nicht etwa, dass wir verloren
oder weit von zu Hause wären

sondern nur, dass die Welt uns
an Nächten wie dieser
fremd vorkommt, wenn wir

mit den Geistern von uns selbst liegen
– diesen vertrauten Aromen:
Aloe und Eau de Cologne
und jenem Streifen von Süße
der mir noch stundenlang an den Händen haftet
wenn ich mich
zum Schlafen umdrehe

|| Fisherfolk at Newhaven

after Hill and Adamson

Mending their nets
                              or standing in their dim
smoke houses
                      hearing the water
slap against the wood-face of the dock

and thinking of nights at sea
                                          of a split
quiver of brindled fish
on the slur of the deck

of calling back and forth through lanternlight
for uncles and second cousins
to come and look:

the fruits of the ocean
                                 tarred with a difficult blue
as they haul them in
siren faces poised
                           as if to speak

but silent
              like the wives they leave behind
for weeks and months
                                 beguiled by the wounded skins
they bring in from the dark
                                        the slatted crates

II Fischer in Newhaven

nach Hill und Adamson

Ihre Netze flickend
oder stehend
in den trüben Räucherschuppen
während das Wasser
gegen die hölzerne Wand des Hafenbeckens plätschert

denken sie an Nächte auf hoher See
ans Gezappel
gefleckter Fische, die über
die glitschigen Planken schießen

an das Hin und Her bei Laternenlicht
als sie die Onkel und Großcousins herbeiriefen
damit sie anschauten:

die Früchte des Meeres
beim Netzhieven noch
in ein beunruhigendes Blau getaucht
die Sirenengesichter
als wollten sie sprechen

aber dennoch stumm
wie die Frauen die sie
Wochen und Monate zurücklassen
gebannt von der verletzten Haut
die sie aus dem Dunkeln hereinbringen
den Lattenkisten

dripping with salt and copper
and the pale
shimmer of phosphorescence
like the chill
that grows between their hands
on chapel days.

III Well

There's more to it than I thought –
more than the house, or our stilled bed
when no one is here,
the book you have left face down
on the kitchen table,
the tangle of hair in the brush, the litter of clothes
– there's more to the making of home
than I ever expected:
a process of excavation, of finding
something in myself to set against
the chill of the other,
the echo you do not hear, when I stop to listen,
the stranger who wakes in the dark from a fetid dream
of ditches and milt;
and how we go on digging when it seems
there's nothing else to find – or nothing more
than ghosts and unanswered prayers –
is part of it, though not the better part
we hoped for: it's the old need
keeps us strong.

triefend mit Salz und Kupfer
                                        und einem weißlichen
Phosphorschimmer
                              wie das Frösteln
das an Kapellentagen
                              zwischen ihren Händen wächst.

III Brunnen

Es steckt mehr dahinter, als ich dachte –
mehr als das Haus oder unser stilles Bett,
wenn keiner da ist,
mehr als das Buch mit der Schrift nach unten,
das du auf den Küchentisch gelegt hast,
das Haarknäuel in der Bürste, der Wust an Klamotten,
– zu einem Zuhause gehört mehr,
als ich je erwartet hätte:
ein Prozess des Ausgrabens, Suchens
nach etwas in mir, das gegen
die Kälte des anderen zu setzen wäre,
gegen das Echo, das du nicht hörst, wenn ich lauschend innehalte,
den Fremden, der im Dunkeln aus seinem modrigen Traum
von Gräben und Fischmilch erwacht;
und dass wir immer weiter graben, auch wenn es
anscheinend nichts mehr zu finden gibt – nichts
als Gespenster und unerhörte Gebete –,
ist ein Teil davon, wenn auch nicht der bessere,
den wir uns erhofften: die alte Not ist's,
die uns bei Kräften hält.

So when I turn to say, at times like this,
that something else is with us all along
I'm thinking of that woman in the town
who told me how she worked all afternoon,
she and her husband digging in the heat, bees
drifting back and forth through currant stands,
the sound of their breathing
meshed with the weave and spin
of swallows:
how, after an hour, they struck on an unexpected
flagstone of granite
and lifted the lid on a coal-black
circle of fresh spring water under the stone,
leaning in hard for the earth-smell of last year's fruit
then sweetness, surprising as rain, or bittern-calls,
rising like a slow, unfurling shoot
of asphodel.
                    It's what I think of now
as home: that wellspring
deep beneath the house
they tasted for an hour, then put away,
sliding the cover back, and coming in
to all they knew, immersed in the quiet purr
of radio, those voices from the air
bleeding in through swallow-songs and bees
to make them plausible again, though they had touched
what turns to black; the sifted heart of matter.

Wenn ich also in solchen Zeiten zu dir sage,
dass uns immer etwas begleitet,
denke ich an jene Frau aus der Stadt,
die mir erzählte, wie sie den ganzen Nachmittag gearbeitet hatte,
wie sie und ihr Mann, während die Bienen
zwischen den Beerenstauden umherschwirrten,
in der Hitze gruben und wie das Geräusch ihres Atmens
sich mit Kette und Schuss
des Schwalbenflugs verwob:
wie sie nach einer Stunde unverhofft
auf eine Granitplatte stießen,
einen rabenschwarzen Kreis von frischem Quellwasser
unterm Stein aufdeckten, und sich vorbeugten,
begierig auf den Erdgeruch des Fallobsts vom letzten Jahr,
und auf die Süße, die, überraschend wie Regen oder der Ruf
der Rohrdommel, langsam emporstieg, wie ein sich entrollender
Trieb von Affodill.
Daran denke ich inzwischen
wie an ein Zuhause: die Quelle
tief unter dem Haus,
die sie eine Stunde lang kosteten und dann verließen,
den Deckel darüberschoben und zurückkehrten
zur vertrauten Welt, eintauchten ins ruhige Summen
des Radios, jener Stimmen aus der Luft,
die mit dem Schwalbengesang und den Bienen einsickerten
und sie wieder glaubhaft machten, obgleich sie berührt hatten,
was schwarz wird: das geseihte Herz der Materie.

Sunday
We are driving to the woods
to find the hidden origin of rain:
a shallow basin carved into the rock
where Pictish chiefs assembled with their kin
to reinvent the world
– or so we say –
though no one knows for sure who gathered here
or why.

I like to think of them
on days like this
perched on a shelf of rock beneath the trees
watching their children
thinking of their stock
then stepping out
to sacrifice
or blessing
as we have stood together in the shade
made awkward by the quiet of the place
a darkness that continues while the sun
brightens the fields
and gardens fill with light
in market towns or tidy golf-hotels
above the sea.

Though nothing here is sacred
– not to us –
even the pool of water stopped with leaves

IV **Was wir von Häusern wissen**

Sonntag

Wir fahren in den Wald
um den versteckten Ursprung des Regens zu finden:
eine flache, im Fels ausgehöhlte Schale
wo sich piktische Stammesführer mit ihrer Sippe versammelten
um die Welt neu zu erfinden
– zumindest erzählen wir uns das –
obwohl keiner mit Sicherheit weiß, wer sich hier traf
oder warum.

Ich stelle sie mir gerne vor
wie sie an Tagen wie diesem
auf einem Felsvorsprung unter Bäumen hockten
und ihren Kindern zuschauten
indes an ihr Vieh dachten
oder hervortraten um an
Opfer
oder Weihe teilzunehmen
so wie auch wir im Schatten zusammenstanden
wegen der Stille des Orts verunsichert
seiner Düsterkeit, die auch bleibt, wenn die Sonne
die umliegenden Felder erhellt
und Gärten in Marktstädten
oder bei gepflegten Golfhotels am Meer
von Licht durchflutet werden.

Obwohl nichts hier heilig ist
– uns nicht –
sogar die mit Laub gefüllte Wasserlache nicht

the carvings in the rock
                                        the standing stone
are set apart

and nothing we can touch or say will bring us
closer to the spirit of the place.
Our holy ground is barely recognised:
unverified
                  an atmospheric trick
a common miracle that finds us out
alone in attic rooms
                                    as spring begins:
a rhythm in the light
                                    a line of song
the sudden taste of grass
                                           high in the roof
wind through the gaps in the beams
                                                              the rafters spiced
with cumin
and the aftertaste of nets

and all along the roads
                                       where dry-stone walls
have toppled
                       and the steady gorse digs in
embers of perfume, sealed in a crown of thorns:

unseasonable   stubborn   everyday
– it's bright as the notion of home:
                                                            not something held

die Felsgravierungen
und der Menhir
stehen abseits

und nichts, das wir berühren oder sagen könnten
brächte uns die Seele dieses Ortes näher.
Unser eigenes Heiligtum ist kaum erkennbar:
nicht verifiziert
eine atmosphärische Täuschung
ein gewöhnliches Wunder, das uns, in der Dachkammer
allein, am Beginn
des Frühlings aufsucht:
ein Rhythmus des Lichts
zwei Takte eines Songs
der plötzliche Geruch von Gras
oben im Dachstuhl
wo der Wind zwischen die Balken strömt
und die Sparren
würzig nach Kümmel
und dem Nachgeschmack von Netzen duften

und die ganze Straße entlang
dort, wo die Feldmauern
umgestürzt sind
und der starre Stechginster die Oberhand gewinnt
Parfumglut, in einer Dornenkrone versiegelt:

unzeitgemäß   hartnäckig   alltäglich
– ja, es leuchtet wie die Vorstellung von Zuhause:
nichts Festes

or given
but the painful gravity
that comes of being settled on the earth
redeemable   inventive   inexact
and capable of holding what we love
in common
making good
with work and celebration
charged
to go out unprepared into the world

and take our place for granted
every time
we drive back through the slowly dimming fields
to quiet rooms
and prayers that stay unanswered.

oder Gegebenes
sondern die schmerzliche Schwere
die davon kommt, dass wir auf der Erde sesshaft sind
wiederbringlich erfinderisch ungenau
und fähig sind, das, was wir lieben
in gemeinsamem Tun zu erhalten
Ausgleich
in Arbeit und Feier zu finden
aufgefordert
unvorbereitet in die Welt hinauszugehen

und unseren Platz darin zu beanspruchen
jedes Mal
wenn wir durch die sich langsam verdunkelnden Felder
zu ruhigen Räumen zurückfahren
zu Gebeten, die unerhört bleiben.

Fields

From my rotting body,
flowers shall grow and I am in them
and that is eternity.
Edvard Munch

I Landfill

In ways the dead are placed
                                                    or how
they come to rest

I recognise myself
                    insomniac
                                        arms
angled
        or crossed:

children in skullcaps
soldiers with hob-nailed boots
or sandals placed like gifts
beside their feet

priests at the gates of death
                                                    or afterlife
their vestments stained with malt
and carbon
            fingers rinsed
with camomile
                or honeyed meadowsweet

resemble me
            laid sleepless by your side

Felder

Aus meinem verwesenden Körper
werden Blumen emporwachsen,
und ich bin in ihnen, und das ist Ewigkeit.
Edvard Munch

I Grube

In der Art, wie man die Toten bestattet
oder wie
sie schließlich ruhen

erkenne ich mich
als Schlaflosen wieder
meine Arme
angewinkelt
oder über Kreuz:

Kinder mit Scheitelkäppchen
Soldaten mit Kommissstiefeln
oder Sandalen, wie zum Geschenk
neben die Füße gelegt

Priester am Tor des Todes
oder des Jenseits
ihre Gewänder mit Malz
und Kohle befleckt
die Finger mit
Kamillenwasser
oder honiggelbem Mädesüß gespült

gleichen mir
der ich, als sollte ich etwas vollenden

as if there were something else
some chore or rite
to be accomplished.
Once
in rural Fife
and Angus
farmers held
one acre of their land
untilled
unscarred
to house this mute
concurrence with the dead
choosing from all their fields
one empty plot
that smelled or tasted right
one house of dreams.

They walled it in
and called it Gude Man's Land
or Devil's Piece

and some would say they guessed well every time
knowing the gist of the thing
the black in the green
of stitchwort.
Though I can't believe they thought
that tremor in the grass on windless days
was devil's work:
yet
where they found old bones
or spills of blood

irgendeine Aufgabe
oder irgendeinen Brauch erfüllen
schlaflos an deiner Seite liege.
Einst
ließen die Bauern
des ländlichen Fife
und Angus
einen Morgen ihres Landes
unbestellt
ohne Narben
um diese stumme Übereinkunft
mit den Toten zu beherbergen
indem sie von allen Feldern
jenes leere Stück auswählten
das passend roch oder schmeckte
ein Haus für Träume.

Diese Parzelle umfriedeten sie
und nannten sie Hellewarts Land
oder Teufelsacker

und man sagt, sie wählten immer die richtige Stelle aus
sie erkannten das Wesentliche instinktiv
das Schwarz im Blatt
des Sternkrauts.
Wobei ich nicht glauben kann, dass sie
jenes Zittern im Gras an windstillen Tagen
für Teufelswerk hielten:
dort aber
wo sie alte Knochen
oder Blutflecken vorfanden

where birdsong ceased
and darkness stayed till noon
they recognised some kinship with the dead
with bodies they had found
                                        in nether fields
the faces soft
                    still lifelike
                                        grass and roots
decaying in the gut.
They guessed it well
                                        divined its mysteries
and left it to the pipistrelles
and jays.

When I was five
or six
        – I can't recall –
the land for miles was sick with foot and mouth

and grateful for the work
                                        my father
travelled the length of the country
                                                digging pits
for slaughtered herds.

On farm after farm for miles
                                        in the paling light
he worked all day
                            and far into the dusk
then caught the last bus home
                                            his shirtsleeves stitched
with quicklime and dust.

wo Vögel schwiegen
und die Dunkelheit bis in den Mittag währte
spürten sie ihre Verwandtschaft mit den Toten
mit Leichen, die sie in
den niederen Feldern entdeckt hatten
die Gesichter weich
wie im Leben
die Bäuche voll
von verfaultem Gras und Wurzeln.
Die Stelle wählten sie gut aus
witterten ihre Geheimnisse
und überließen sie den Zwergfledermäusen
und Eichelhähern.

Als ich fünf war
oder sechs
– ich erinnere mich nicht mehr –
suchte die Maul- und Klauenseuche unsere Gegend heim

und dankbar für die Arbeit
fuhr mein Vater
im ganzen Land herum
Gruben ausheben
für die geschlachteten Herden.

Auf einem Hof nach der anderen
arbeitete er den ganzen Tag
im verblassenden Licht
bis weit in die Abenddämmerung hinein
und nahm den letzten Bus nach Hause
seine Hemdsärmel
bestickt mit Kalk und Staub.

That was the year our neighbour
Agnes
died:
her body thick with growth
the blackness
tight between her lips
like needlework.

I thought she had been touched by foot and mouth:
a fog of disease that spread
on our spoons and knives
and bottles in the playground
stopped with cream

and I waited for my father to begin
unravelling
like twine.

I stood in the kitchen and watched
while my mother
fixed him his tea
amazed at how lonely he looked
how suddenly tired
a blur of unspoken hurt
on his mouth and eyes

and I loitered all afternoon
while friends and strangers
emptied the house our neighbour had kept intact
and still as a church.

Es war das Jahr, als unsere Nachbarin
Agnes
starb:
den Körper voll mit Wucherungen
und zwischen ihren Lippen
eine Schwärze
wie von Nadelarbeit.

Ich dachte, die Maul- und Klauenseuche hätte sie befallen
eine nebelartige Pestilenz, die sich über
Löffel und Messer verbreitete
und auf dem Schulhof
über unsere Milchfläschchen mit ihrer dicken Sahneschicht

und ich wartete darauf,
dass mein Vater sie bald
wie ein Knäuel Zwirn entwirrt.

Ich stand in der Küche und schaute zu
während die Mutter
ihm das Abendbrot vorsetzte
erstaunt darüber, wie einsam er aussah
auf einmal so müde
eine Trübung aus stummem Leid
um Mund und Augen

und ich drückte mich den ganzen Nachmittag herum
während Freunde und Fremde
alles aus dem Haus der Nachbarin entfernten, das sie so sauber
und still wie eine Kirche gehalten hatte.

They worked all day
intent and businesslike
clearing the rooms
the wardrobes
the silent cupboards
folding her winter coats and summer shawls
packing her shoes in boxes
her letters
her make-up
and bearing it away
to other rooms
timesoiled
infected.

I scarcely recall:
there was something I overheard
a sense of the ditch
and the blind calves laid in the earth
a nightmare for weeks
of gunshots
and buried flesh

yet still
when I lie naked in our bed
I sense my father waiting
and I shift
like someone in a dream
so he will turn
and go back to the fire
and let me rest.

Sie arbeiteten den ganzen Tag
konzentriert und sachlich
leerten sie Zimmer
Kleiderschränke
die stummen Küchenschränke
falteten die Wintermäntel und Sommerschals zusammen
packten ihre Schuhe in Kisten
ihre Briefe
ihr Make-up
um alles danach
in andere Räume fortzutragen
von der Zeit verunreinigt
infiziert.

Ich kann mich kaum noch erinnern:
etwas hatte ich zufällig mitgehört
eine Andeutung von der Grube
von blinden Kälbern, in die Erde gelegt
einen wochenlangen Alptraum
aus Schüssen
und eingegrabenem Fleisch

noch immer aber
wenn ich nackt in unserem Bett liege
spüre ich meinen Vater lauern
und bewege mich
wie einer, der träumt
damit er sich abwendet
zum Feuer zurückgeht
und mir meine Ruhe lässt.

II Two Gardens

When we came it was couch-grass and brambles,
colonies of rue amongst the thorns,
a leafless shrub that smelt of creosote
and simmered in the heat.
I liked it then. I liked its stillnesses:
the ruined glasshouse packed with honey-vine,
the veins of ash, the pools of fetid rain.
Sometimes we found strange droppings by the hedge:
badger or fox, you said; but the scent was laced
with citrus, and I kept imagining
a soft-boned creature stalled beneath the shed,
strayed from its purpose, wrapped in musk and spines.
In spring we set to work; we marked our bounds
and found the blueprint hidden in the weeds,
implicit beds, the notion of a pond.
You sifted out the shards of porcelain,
illumined willows, scraps of crescent moon;
I gathered clinker, labels, half a set
of Lego.
            As I watched that summer's fires
I wondered what was burning: living bone,
pockets of silk and resin, eggs and spawn,
and, afterwards, I saw what we had lost:
surrendered to our use, inanimate,
the land was measured out in bricks and twine,
a barbecue, a limestone patio.
The work is finished now; but after dark
I feel the creatures shivering away,
abandoning an absence we accept
as natural: the unexpectant trees;

II Zwei Gärten

Als wir hierherkamen, gab es Quecke und Brombeergestrüpp,
Rautenkolonien zwischen den Dornenbüschen,
eine blattlose Staude, die nach Kreosot roch
und in der Hitze glühte.
Mir hat er damals gefallen. Ich mochte seine Stillen:
das verwahrloste Gewächshaus, voll mit Prunkwinden,
die Aschenadern, die übelriechenden Regenpfützen.
Manchmal entdeckten wir an der Hecke seltsame Fäkalien:
Dachs oder Fuchs, sagtest du; doch der Geruch erinnerte
an Zitrusöl, und ich stellte mir immer
ein feingliedriges Wesen vor, das unter dem Schuppen festsaß
und – stachelig, in Moschusduft gehüllt – sich verirrt hatte.
Im Frühling gingen wir ans Werk; wir steckten Grenzen ab
und fanden einen Grundriss unter dem Unkraut versteckt,
angedeutete Blumenbeete, die Ahnung eines Teichs.
Du hast die Porzellanscherben aufgelesen,
gemalte Weiden, Fragmente eines Sichelmonds;
ich sammelte Ziegelreste ein, Etikette, ein halbes Set
Lego.

Während ich den Feuern jenes Sommers zusah,
fragte ich mich, was brannte: lebende Knochen,
Seidennester und Harzgallen, Eier und Laich,
und erkannte dabei, was verloren gegangen war:
uns zur Verwertung ausgeliefert, unbelebt,
erschloss man nun das Land mit Backstein und Schnur,
als Grillplatz, die Terrasse aus Kalkstein.
Jene Arbeit ist zwar beendet, wenn es aber dunkel wird,
spüre ich, wie Tier um Tier sich schaudernd abwendet,
eine Leere verlassend, die wir als naturgegeben
hinnehmen: die Bäume erwartungslos,

the silence where the blackbird vanishes.
At times the ghosts are almost visible
between our trellises and folding chairs:
just as old harbours sometimes reappear
through fog or rain, or market towns dissolve
to gift us with a dusk of shining air,
the garden we destroyed is almost here,
nothing but hints and traces, nothing known,
but something I have wanted all along:
a thread of pitchblende, bleeding through a stone,
or snow all morning, cancelling the lawn.

III Gude Man's Land

There was something I wanted to find,
coming home late in the dark, my fingers
studded with clay,
oak-flowers caught in my hair, the folds of my jacket
busy with aphids.
I slept in my working clothes
and walked out in the buttermilk of dawn
to start again.
Sometimes I turned and saw him through the leaves,
a face like mine, but empty of desire,
pure mockery, precision of intent,
a poacher's guile, a butcher's casual charm.
The house filled slowly with the evidence
I carried home: old metals, twisted roots,
bottles of silt and water, scraps of cloth.

das Schweigen, wo eine Amsel verschwindet.
Bisweilen sind die Gespenster zwischen
Spalieren und Klappstühlen beinahe zu sehen:
ebenso, wie alte Häfen durch Nebel oder Regen
manchmal wieder erscheinen, oder Marktstädte vergehen
und uns stattdessen eine schimmernde Dämmerung schenken,
so ist der Garten, den wir zerstörten, beinahe noch da,
zwar Hinweise nur, nichts, was ich kennen würde,
aber etwas, was ich schon immer wollte:
eine Ader Pechblende, die einen Stein durchzieht,
den ganzen Morgen Schnee, der den Rasen auslöscht.

III Hellewarts Land

Da war etwas, was ich finden wollte,
kehrte in der Dunkelheit spät nach Hause,
meine Finger mit Lehm übersät,
Eichenblüten in meinen Haaren, meine Jacke
wimmelnd von Blattläusen.
Ich schlief in der Arbeitskleidung,
ging morgens in der Dämmerung aus Buttermilch hinaus,
um wieder von vorne zu beginnen.
Manchmal drehte ich mich um, erblickte ihn zwischen den Blättern:
sein Gesicht war wie meines, doch ohne Begehren,
stattdessen Hohn, genaue Absichten,
die List eines Wilderers, der beiläufige Charme des Schlachters.
Langsam füllte sich das Haus mit den Beweisen,
die ich nach Hause trug: alte Metallteile, verdrehte Wurzeln,
Flaschen mit Schlamm und Wasser, Stofffetzen.

My neighbours passed me on the road to kirk
and thought me mad, no doubt, though I could see
their omnipresent God was neither
here nor there.
Who blurred the sheep with scab? Who curdled milk?
Who was it fledged the wombs of speechless girls?
They knew, and made their standard offerings
and called it peace. But he was with them still.
His secret thoughts were written in their veins,
and when they dreamed of music, it was his,
and when I dreamed, I fed him in the dark,
wifeless and quiet, lacking in conversation.
He knew what I wanted; I knew what I would not dare;
lying alone in the darkness, burning with fever,
walking the fields in the rain, at home and lost,
the feel of his recent warmth
on the tips of my fingers,
the taste of his body minted in the wild
patches of grass that quickened along the walls
or ran in circles round the nether field,
absorbing the daylight,
informing the guesswork of children.

Auf ihrem Weg zur Kirche gingen die Nachbarn an mir vorüber
und hielten mich wohl für verrückt, aber ich sah:
ihr allmächtiger Gott war
weder hier noch dort.
Wer hat die Schafe mit der Räude befleckt? Wer ließ die Milch gerinnen?
Wer legt den Mutterleib sprachloser Mädchen mit Federn aus?
Sie wussten es und brachten die üblichen Opfer,
tauften es Frieden. Doch blieb er stets bei ihnen.
Ihnen ins Blut geschrieben, waren seine geheimen Gedanken,
und träumten sie von Musik, war es immer die seinige,
und träumte ich, habe ich ihn in der Dunkelheit dadurch ernährt,
ohne Frau und wortkarg, unfähig, mich zu unterhalten.
Er wusste, was ich wollte; ich wusste, was ich nie wagen würde;
lag derweil im Dunkeln allein und brannte vor Fieber,
streifte im Regen durch die Felder, war zu Hause und verloren,
spürte seine Wärme noch
an meinen Fingerspitzen,
den Geschmack seines Körpers, der jene Gräser färbte,
die quick und wild an der Mauer entlang wuchsen
oder im niederen Feld ihre Kreise zogen,
alles Tageslicht aufsogen
und das Rätselraten der Kinder anspornten.

IV **Otherlife**

Be quick when you switch on the light
and you'll see the dark
was how my father put it:
                                        catch
the otherlife of things
                                   before a look
immerses them.
                        Be quick
and you'll see the devil at your back
and he'd grin
                     as he stood in the garden
– cleaning his mower
                                 wiping each blade in turn
with a cotton rag
the pulped grass and bright-green liquor
staining his thumbnails
and knuckles.
                     He always seemed
transfigured by the work
glad of his body's warmth
                                        and the smell
of aftermath.
He'd smoke behind the shed
                                             or dart
for shelter under the eaves
                                         the fag-end
cradled in his hand
against the rain:

IV Andersleben

Sei schnell wenn du das Licht anknipst
dann wirst du das Dunkel sehen
so drückte es mein Vater aus:
fange
das Andersleben der Dinge ein
ehe dein Blick
sie überschwemmt.
Sei schnell
dann siehst du den Teufel hinter dir stehen
und er grinste
während er im Garten stand
– und seinen Rasenmäher reinigte
jedes Messer
einzeln mit einem Baumwolllappen wischte
wobei zermalmte Grasreste und hellgrüner Saft
seine Daumennägel und Knöchel
färbten.
Immer erschien er
von der Arbeit verwandelt
weidete sich in der Wärme seines Körpers
im Geruch
der Nachmahd.
Er rauchte hinter dem Schuppen
oder flüchtete
vorm Regen unter den Dachvorsprung
seinen Zigarettenstummel
mit der hohlen Hand
schützend:

a man in an old white shirt
                                        a pair of jeans
some workboots he'd bought for a job
that was never completed.
                                        And later
                                                    after he died
I buried those clothes in a field above the town
finding a disused lair amongst the stones
that tasted of water
                        then moss
                                    then something
sharper
        like a struck match in the grass
or how he once had smelled
                                    home from the pit
his body doused in gas
                            and anthracite.

I still remember
                    somewhere in the flesh
asleep and waking
                    how the body looked
that I had made
the empty shirt and jeans
                                the hobnailed boots
and how I sat for hours
                            in that wet den
where something should have changed
                                            as skin and bone
are altered
            and a new life burrows free

ein Mann in altem weißem Hemd
Jeans
Arbeitsstiefel, die er für irgendeinen Job gekauft hatte
den er nicht zu Ende brachte.
Und später
nach seinem Tod
vergrub ich seine Kleidung in einem Feld oberhalb der Stadt
wo ich zwischen den Steinen eine verwaiste Höhle fand
die nach Wasser schmeckte
dann nach Moos
dann nach etwas
Schärferem
wie einem angezündeten Streichholz im Gras
oder nach seinem Geruch damals
als er von der Grube nach Hause kam
und sein Körper mit Kohlengas und Anthrazit
überzogen war.

Ob ich schlafe oder wache
haftet irgendwo in meinem Leib
die Erinnerung daran
wie der Körper aussah
den ich damals schuf
das leere Hemd, seine Jeans
und Nagelschuhe
und wie ich stundenlang
in diesem feuchten Versteck gesessen habe
in der Erwartung, dass sich etwas verwandeln würde
wie sich Haut
und Knochen ändern
damit ein neues Leben sich freigraben kann

– sloughed from a slurry of egg-yolk
or matted leaves
gifted with absence
speaking a different tongue –
but all I found in there was mould and spoor
where something had crept away
to feed
or die
for all I can tell
though for years I have sat up late
and thought of something more
some half-seen thing
the pull of the withheld
the foreign joy
I tasted that one afternoon
and left behind
when I made my way back down the hill
with the known world about me.

– aus Brei von Eidotter
oder Blättermatsch herausgeschält
mit Abwesenheit begnadet
eine andere Sprache sprechend –
aber da drinnen fand ich nur Schimmel und Kotspuren
von etwas, was davon geschlichen war
um zu fressen
oder krepieren
oder was weiß ich
obschon ich seit Jahren spät abends sitze
und weiterdenke
an irgendein halb gesehenes Wesen
an den Sog, der vom Unterschlagenen ausgeht
die seltsame Wonne
die ich nur an jenem Nachmittag schmeckte
und zurückließ
als ich vom Hügel wieder herunter kam
und die vertraute Welt mich empfing.

Roads

Transcurrir es suficiente,
Transcurrir es quedarse.
Octavio Paz

I Driving to Mirtiotissa

We learned to avoid the village
to drive through the olive groves
evading
children and dogs
and old men with sodden voices
calling to one another through the trees

the way we avoided noon
or the sickening
halt of the butcher's doorway
leaving the white-hot streets and the slide of traffic
islands of rubble
flashes of broken glass
oil-slicks and fruit-spills
the sudden
untenable light

cruising the dirt-roads and alleys
on blue afternoons
for something we almost found
again and again:

a sand-lizard perched on a rock or a clump of thorns
the fretwork between its fingers
the fire-coloured throat

Wege

Transcurrir es suficiente,
Transcurrir es quedarse.
Octavio Paz

I Nach Mirtiotissa fahren

Wir lernten, das Dorf zu vermeiden
durch die Olivenhaine zu fahren
Kindern und Hunden
aus dem Weg zu gehen
alten Männern mit weindurchtränkten Stimmen
die durch die Bäume einander zuriefen

so wie wir auch den Mittag mieden
oder den ekelerregenden
Einschnitt der Türöffnung zum Metzgerladen
umgingen wir auch die Weißglut der Straßen, den kriechenden Verkehr
Schuttinseln
funkelnde Glasscherben
Öllachen und verschüttetes Obst
jähes
unerträgliches Licht

fuhren stattdessen an blauen Nachmittagen
auf Staubstraßen und durch Gässchen herum
auf der Suche nach etwas, was wir auch beinahe fanden
immer wieder:

eine Zauneidechse auf einem Stein oder Dornenbüschel
ihre bundierten Zehen
der feuerfarbene Hals

the spiders in the gaps between the rocks
goats in the weeds
their slack mouths and sun-bleared eyes
remembering panic
that faint trace of shit and vanilla
that hangs in the shade.

You were reading a book about angels
the way they appear on the road to the unsuspecting
wingless
yet ringed with light
they could pass
for locals:
men in boots and cotton shirts
a girl in a printed dress
beside a well

and though we imagined
we couldn't believe in such things
if anything was there
in that black light
we knew it would be lost
in no man's land

on back-roads scabbed with weeds or veiled with sand
running through chicken farms and unmapped towns
or rising to the chill
of native pine:

angels
or Pan
– that god of sudden absence

Spinnen in den Spalten zwischen den Felsen
unkrautfressende Ziegen
mit schlaffen Mäulern und von der Sonne
getrübten, sich an Panik erinnernden Augen
jener leise Hauch
von Kot und Vanille, der im Schatten hing.

Du hast damals ein Buch über Engel gelesen
und so, wie sie Ahnungslosen auf Straßen erscheinen
flügellos
doch von Licht umgeben
könnte man sie
für Ortsansässige halten:
Männer in Stiefeln und Baumwollhemden
ein Mädchen in bedrucktem Kleid
neben einem Brunnen

und obwohl wir uns einbildeten
an solchen Dingen nicht glauben zu können
sollte etwas tatsächlich da gewesen sein
in jenem schwarzen Licht
wussten wir, dass es im Niemandsland
verloren gehen müsste

auf verwachsenen oder durch Sandtreiben verwischten Nebenwegen
die durch Hühnerhöfe und Dörfer führten, die auf keiner Landkarte standen
oder bis in die Kühle
heimischer Pinienwälder stiegen:

Engel
oder Pan
– jener Gott der plötzlichen Abwesenheit

come from the shadows to meet you
a hairsbreadth away
a blackness in the everyday event
like something tethered

a flock of birds descending on the church
a spill of figs
the unexpected chill
of spice-haunted wells
or miles of cicadas
stopped
in the noontime lull

though we guessed that the angel of roads
or the panic of standstills
was less than the weight of ourselves
being lost or found
and even this a story
like

|| Kidnapped

that story of our exile in the hills
months of pursuit
the roads whiting out in the dark
fresh disappearances
spotting the matted grass
– they were still on my scent
though I'd crossed those mountain streams
a dozen times

der einem aus dem Schatten entgegentritt
um Haaresbreite entfernt
eine Finsternis mitten im alltäglichen Ereignis
wie ein angekettetes Wesen

wie ein Vogelschwarm, der sich auf der Kirche niederlässt
verschüttete Feigen
die unverhoffte Kälte
von Gewürzdüften heimgesuchter Brunnen
oder meilenweit Zikaden, die
in der Mittagsflaute
schweigen

wenngleich wir ahnten, dass der Engel der Wege
oder die Panik des Stillstands
weniger wogen, als wenn wir selbst verloren gingen
oder gefunden würden
und selbst dies eine Geschichte
wie

|| Entführt

jene Geschichte unseres Exils in den Bergen
Monate der Verfolgung
Straßen, die in der Dunkelheit verblassten
neue Vermisste
und das Gras verfilzt, befleckt
– sie waren mir noch auf der Spur
obgleich ich die Bergbäche ein Dutzend Mal
durchquert hatte

the water filling my boots
the year-long cold
seeping through my bones to fledge the groin

and I'm travelling still: my name on a borrowed passport
sleeping between the graves in an upland church
foraging for eggs and spills of grain

living caesura, less than the sum of my parts
I'm waiting for the limbo of a life
that goes without saying:

a circle in the woods of mint and coal
where someone has stopped before now
to light a fire

                    – almost
but not quite right:
illusion
            like the one who stays at home
lost in the warmth of butter and cherry tea
and wanting for nothing
                                        immune to the smell of fairgrounds:
illusion
            like the one who would arrive
travelling unawares
                                    though clues abound:
the smell of standing water
                                            barley mows
or alpine meadows glimpsed from the early train
to Brasov
              or Cluj

sodass meine Stiefeln voll Wasser waren
mir die Kälte eines ganzen Jahrs
durch die Knochen sickerte, farnartig in die Leisten stieg

und noch reise ich: mein Name in einem geliehenem Pass
zwischen Gräbern auf einem Bergkirchhof schlafend
auf der Suche nach Eiern und verschüttetem Korn

lebende Zäsur, weniger als die Summe meiner Teile
warte ich auf den Limbus eines Lebens
das sich von selbst versteht:

einen Kreis aus Kohlen und Minze im Wald
wo jemand, der vor mir da war, angehalten hat
um ein Feuer zu machen

– fast
aber nicht ganz korrekt:
Schein
wie derjenige, der zu Hause bleibt
und sich in der Nestwärme von Butter und Kirschtee verliert
und sonst nichts braucht
gegen den Geruch der Jahrmärkte gefeit:
Schein
wie derjenige, der nach der Reise
ahnungslos ankommen will
obwohl sich Hinweise zuhauf bieten:
der Geruch von stehendem Wasser
Gerstenhaufen
oder Almen, durchs Fenster des Frühzugs
nach Brasov erblickt
oder nach Cluj

those upland silences that last for days
delectable mountains
hillsides clad with pines
and cherries
the grey of nearness
soldiers
standing in a clearing by a truck
boys from the country in jackboots
and threadbare shirts:

illusory

III Pilgrimage

as all these journeys are:
home after dark
on a late bus
or waiting alone
at the station
the platform light
suddenly all there is for miles around

and something I almost recall
some hunting bird
skimming low over the tracks
and vanishing.

And even if I recognise the shape
even if something remains
some haunting call

jene Stillen, die im Hochland tagelang andauern
reizende Berge
Hänge mit Pinien und Kirschen
bewachsen
das Grau der Nähe
Soldaten
die neben einem Laster in einer Lichtung stehen
Jungen vom Lande, die Schaftstiefel
und fadenscheinige Hemde tragen:

scheinhaft

III Wallfahrt

wie es solche Reisen alle sind:
nach Einbruch der Dunkelheit
die Heimfahrt im Nachtbus
oder
man wartet allein im Bahnhof
das Licht am Bahnsteig
auf einmal alles, was weit und breit zu sehen ist

und etwas, was ich fast vor mir sehe:
irgendein Greifvogel
der tief über die Gleise hinweg flog
und verschwand.

Und selbst wenn ich die Form erkenne
selbst wenn etwas übrigbleibt
irgendein Schrei, der mich verfolgt

I know from somewhere else
– some film or tape –
even if some local perfume drifts
towards me
as I cross the narrow bridge
an inkling of oilseed rape
or ripened corn
the scent of orchards
fish-meal
rendered bone
there's nothing here to understand or claim
nothing to grasp
nothing to think of

as true.

I've come this way before
I've read the maps:
the dream of a shoreline
the delicate upland trees
delectable mountains nuzzling the rear-view mirror
houses standing open
doors ajar
the windows like the gaps where angels live
in old nativities
signals above a meadow
porch-lights and doors
as if there were something more
to be revealed.
I have driven this road too often
and come too far

den ich von anderswoher kenne
– von einem Film oder Tonband –
selbst wenn mir irgendein heimischer Wohlgeruch
entgegenweht
wenn ich die schmale Brücke überquere
eine Ahnung von Raps
oder gereiftem Mais
der Duft eines Obstgartens
Fischmehl
ausgekochte Knochen
gibt es dennoch hier nichts zu verstehen oder einzufordern
nichts Greifbares
nichts, was man für wahr

halten könnte.

Diesen Weg bin ich schon gegangen
die Landkarten habe ich gelesen:
der Traum einer Küste
die zierlichen Hochlandbäume
reizende Berge, die sich an den Rückspiegel schmiegen
Häuser, die offenstehen
die Tür einen Spalt angelehnt
ihre Fenster wie die Lücken, in denen Engel
in alten Krippendarstellungen hausen
Zeichen über einer Wiese
Türe und Licht im Windfang
als wäre noch etwas
zu offenbaren.
Ich bin diese Straße zu oft gefahren
bin zu weit gekommen

losing the taste for home:
its standing warmth
the gravities and shifts
we dwell upon

– so when I reach the hollow of the stairs
intruder on the dream you've shifted from

I'm glad of the silence
glad of the distance between us
the blackness of country roads I have smuggled in
on my shirtsleeves
the flavour of rain
and nothingness
– a gap you would not house
no matter how often you turn
with the feel
of something at your back
some hirsute god
some cloven-footed wisp of the angelic

– though speaking for myself
I'd want to say
this nothing is why I am out on a starless road
learning the true extent of no man's land
the night wind threading my eyes
and nowhere to go.

und habe den Geschmack an Zuhause verloren:
die beständige Wärme
das Schwere und die Verschiebungen
bei denen wir uns aufhalten

– wenn ich also die Höhle der Treppe betrete
in den Traum eindringe, den du gerade verlässt

bin ich um das Schweigen froh
froh um die Distanz zwischen uns
um die Schwärze der Landstraßen, die ich auf den Hemdsärmeln
eingeschmuggelt habe
den Geschmack vom Regen
und vom Nichts
– eine Lücke, die du niemals beherbergen würdest
egal wie oft das Gefühl
dich herumfahren lässt
dass etwas hinter dir steht
irgendein behaarter Gott
Brodem des Teuflischen im Engelsgewand

– doch was mich betrifft
wollte ich sagen
wegen dieses Nichts bin ich unter sternenlosem Himmel unterwegs
und lerne das wahre Ausmaß des Niemandslandes kennen:
durch meine Augen bohrt der Nachtwind
und ich habe keinen Ort.

IV **Ida y Vuelta**

i. m. Octavio Paz

Remember that Alpujarran hill-town:
gusts of broom for miles then an arabic
scribble of burning bush amongst the stones?
The empty hostel where we lay awake
till morning, while a long-awaited rain
unmapped the streets, the gardens moored in smoke,
the tree-lined squares?
                                        Remember the sullen
music of cicadas, sudden panic
in the still of afternoon? – the way
we almost learned to chance upon the air
the stain of something richer – how the stay
of terror is a gift for smaller fear:
that beast we conjured from the common day:
man-sized; inert: a ghost of teeth and hair.
                                  – one way to say it
perhaps
              or this: how
                                    leaving Frankfurt
the plane rose slowly to a wall
of thunder-cloud
                              shuddering in its bones for the moment's
pause before the stillness
of a fall
then lightning over fields that bled
like the pastilles of freshened colour in a school-child's
paint-box: rapeseed yellow
                                                clover green
umber and terrasiena.

IV Ida y Vuelta

i. m. Octavio Paz

Kennst du noch – in den Alpujarras – jenes Hügelstädtchen:
meilenweit Ginsterwogen, dann ein arabisches
Gekritzel brennender Dornbüsche zwischen Felsen?
Die leere Herberge, wo wir bis zum Tages-
anbruch wachten, während der Regen, der lang ersehnte,
Straßenzeilen verwischte, durch Rauch verankerte Gärten,
baumumsäumte Plätze?
                                        Kennst du noch die düstre
Musik der Zikaden, die plötzliche Panik am stillen
Nachmittag? – wie es uns dämmerte,
dass die unverhoffte Spur von etwas Wertvollerem
so gut wie aus der Luft zu greifen wäre – wie der Aufschub
des Schreckens sich für die geringere Furcht als Segen
erweist: jenes Untier, das jeder aus dem Alltag zauberte,
mannshoch; reglos: ein Gespenst aus Haar und Zähnen.
                                        – so kann man es sagen
vielleicht
          oder so: wie
                                      kurz nach unserem Start in Frankfurt
das aufsteigende Flugzeug einer Mauer von Gewitterwolken
langsam entgegenflog
                                      die ihm im Augenblick
des Stillstands vor dem plötzlichen Höhenverlust
die Knochen durchschüttelten,
dann blitzte es über Feldern, die wie angefeuchtete
Farbtabletten im Malkasten eines Schulkinds
ineinanderbluteten: Rapsgelb
                                              Kleegrün
Umbra und Siena.

How terror is always shifting
between the glow
of home
and the chill of departure

Yo atravesé los arcos y los puentes
Yo estaba vivo, en busca de la vida

and love is something learned
like dancing:
knowing the steps
but moving without desire
in a partner's arms

Yo estaba vivo y vi muchos fantasmas,
Todos de carne y hueso y todos ávidos

or how a life
can never quite be seen
in this measure of rain
a bruise of kisses
seeping to the bone
and waiting there
to flower as a word

Tigre, novilla, pulpo, yedra en llamas

whichever one you choose
it's all the same:
arrival; end; hibiscus; carbon; stone.

Wie Schrecken stets

zwischen der wohligen Wärme

von Zuhause

und dem Grauen vor dem Abschied wechselt

Yo atravesé los arcos y los puentes
Yo estaba vivo, en busca de la vida

und die Liebe gelernt werden will
wie das Tanzen:
die Schritte kennt man
bewegt sich aber ohne Begehren
in den Armen eines Partners

Yo estaba vivo y vi muchos fantasmas,
Todos de carne y hueso y todos ávidos

oder wie ein Leben
bei solchem Niederschlag
niemals ganz zu sehen ist:
ein Bluterguss von Küssen
der bis in die Knochen sickert
und dort darauf wartet
als Wort zu blühen

Tigre, novilla, pulpo, yedra en llamas

egal, welches du auswählst
ist es einerlei:
Ankunft; Ende; Hibiskus; Kohlenstoff; Stein.

V Eternal Return

Yo estaba vivo y fui a buscar la muerte

– an algebra
a science of goodbyes
somewhere beyond the absence implicit in grammar:

lost
and
found.

The road
or the town's last street
when they worked all afternoon to build
a fairground
men in boots and cotton shirts
rigging a world of candy-floss and diesel
and setting it alight so I could dream
of running away
becoming the competent son
you would never imagine.
How even now
in dreams I have failed to confess
I stand at the edge of the woods on Fulford Road
my mind on the blue of elsewhere:
frog-headed
vagrant
I walk to the last fuzzed streetlamp and hitch a ride
running away to the promise of freight cars in sidings
gulf-water
wood-stoves
disappearances.

V Ewiger Wiederkehr

Yo estaba vivo y fui a buscar la muerte

– eine Algebra
eine Wissenschaft der Abschiede
die über jene Abwesenheit hinausgeht, die jede Grammatik voraussetzt:

verloren
und
gefunden.

Der Weg
oder die letzte Straße der Stadt
als sie den ganzen Nachmittag einen Rummelplatz
aufbauten
Männer in Stiefeln und Baumwollhemden
die eine Welt aus Zuckerwatte und Diesel zurechtbastelten
und sie von Licht durchfluten ließen, damit ich vom Abhauen
träumen konnte
davon, jener tüchtige Sohn zu werden
den niemand erwartet hätte.
Und wie ich heute noch
in Träumen, die ich für mich behalten habe
in der Fulford Road am Waldrand stehe
und mir das Blaue von sonstwo ausmale:
froschköpfiger
Vagabund, laufe ich zur letzten, verschwommenen Straßenlaterne
und warte auf ein Auto zum Mitfahren
fliehe, der Verheißung von Güterwagons und Rangiergleisen verfallen
von Golfwasser
Holzöfen
Verschwinden.

This dream recurs
I find it in our bed
the taste of doorways
windows
exit roads
or how there are times
coming home
when everything seems richer for my absence
car parks around the airport
perfectly ordered
the crowd at the gate
with labels or startled joy
for the newly arrived

our kitchen windows flushed with light and steam
and the flavour of cherry tea that has lingered for days
while I've been gone.

Stop moving
and another life begins:
the motion the tide conceals
the caress of erosion
or how the beginning of autumn is quietly gloved
in August
the first bright
sugars turning to gold
in locust tees and false acacias.

I taste it on the windows in the dusk
of morning:
a perfume so close to travel I imagine

Dieser Traum wiederholt sich
ich finde ihn in unserem Bett
am Geschmack von Eingängen
Fenstern
Ausfahrtsstraßen
oder es gibt Zeiten
wenn ich nach Hause komme
und alles nach meiner Abwesenheit kostbarer erscheint:
die perfekt geordneten Parkplätze
um den Flughafen
die Menge am Eingang
mit Namensschildern, oder außer sich vor Freude
über die Neuankömmlinge

unsere beschlagenen, von Licht durchfluteten Küchenfenster
und der Duft von Kirschtee, der seit dem Tag nachklingt
an dem ich fortfuhr.

Sei still
und es beginnt ein anderes Leben:
der verborgene Lauf der Gezeiten
Liebkosungen der Erosion
oder wie der Anfang des Herbstes im sanften Handschuh
des Augusts zu finden ist
sich sein erster heller Zucker
an den Heuschreckenbäumen und Scheinakazien
in Gold verwandelt.

Ich rieche es an den Fenstern
in der Morgendämmerung:
ein Parfum, das so sehr ans Reisen erinnert

deer trails in the hills
                    the white
hiatus of woodland tracks
                         or the sherbet fizz
of rock-salt and drifted sand
on a coastal highway.
How once
          driving back to my room
in Mountain View
I wanted to stop the car and disappear
to pull in under a cypress and slip away
venturing into the nowhere
of starlight and wind
and leaving no trace.

I've run like this for years
                         and I've returned
– the promised no one left behind a door
or tethered to a borderline of sand
and poppies.

I've wanted so many lives
                         such otherness
and so much less than anything we have:
some garden of broken stones and aquilegias
a shoal of angel fish in makeshift graves
unscheduled stops
                    in no man's land
                                   or Tulsa

dass ich Rehspuren auf den Höhen sehe
die weiße
Zäsur einer Fährte im Wald
oder das Prickeln
von Steinsalz und Sandgestöber auf einer Küstenstraße
auf der Zunge spüre.
Oder wie ich –
als ich einmal zu meinem Zimmer
in Mountain View zurückfuhr –
anhalten und verschwinden wollte
unter eine Zypresse fahren und mich davonmachen
mich in ein Nirgendwo
aus Sternenlicht und Wind hineinwagen
und keine Spur hinterlassen.

So bin ich seit Jahren auf der Flucht
und bin wiedergekommen
– der versprochene Niemand, hinter einer Tür vergessen
oder gefesselt an eine Grenze aus Sand
und Mohnblumen.

Ich wollte so viele Leben
solches Anderssein
und so viel weniger als alles, was wir haben:
irgendeinen Garten mit Bruchsteinen und Akeleien
einen Schwarm von Engelfischen in notdürftigen Gräbern
außerplanmäßige Halte
im Niemandsland
oder Tulsa

and yet
forgive me this:
I never really mastered coming home
skilled in that childhood-for-years of travelling light

forgive me:
I still can't resist
the sound of a fair in the distance
the new-crushed grass
those sixties songs
the heat of the machines
I still can't resist the girls on the promenade
walking the front in lipstick and brand-new hairdos
the boys from the caravan parks come out
to stand in the bars all night
like their father's ghosts
sullen and proud
and as lost in the world they inherit
as stray dogs
or mink

and forgive me
that I cannot leave or stay
that I'm only a moment away
from being unseen

forgive me
being not the man I seem
not lost or found
but somewhere in between.

und doch
verzeihe mir dies:
ich habe das Heimkommen nie so ganz gemeistert
bewandert darin jahrelang, mit kinderleichtem Gepäck zu reisen

verzeihe mir:
widerstehen kann ich immer noch nicht
dem Trubel eines Jahrmarktes aus der Ferne
dem frisch zertrampelten Gras
den Songs der Sechziger
der Wärme der Vergnügungsmaschinen
und widerstehen kann ich immer noch nicht den Mädchen
die mit Lippenstift und nagelneuen Frisuren auf der Promenade flanieren
den Jungs, die vom Caravanpark herkommen
um den ganzen Abend an der Bar zu stehen
wie Gespenster ihrer Väter
mürrisch und stolz
und genauso verloren in der von ihnen geerbten Welt
wie herrenlose Hunde
oder ausgesetzte Nerze

und verzeihe mir
wenn ich weder fortgehen kann, noch bleiben
wenn ich um Haaresbreite
davor bin zu entwischen

verzeihe mir
nicht der zu sein, von dem du glaubtest zu wissen
bin weder verloren noch gefunden
sondern irgendwo dazwischen.

The Pit Town in Winter

Everything would vanish in the snow,
fox bones and knuckles of coal
and dolls left out in the gardens,
red-mouthed and nude.

We shovelled and swept the paths,
but they melted away in the night
and the cars stood buried and dumb
on Fulford Road.

We might as well be lost, she said;
but I felt the neighbours dreaming in the dark,
and saw them wrapped in overcoats and scarves
on Sundays: careful, narrow-footed souls,
become the creatures of a sudden light,
amazed at how mysterious they were.

Zechenstadt im Winter

Alles verschwand unter Schnee,
Fuchsknochen und Kohleknubbel,
im Garten zurückgelassene Puppen,
mit rotem Mund und nackt.

Wir schippten und fegten die Wege frei,
doch nachtsüber schwanden sie erneut dahin,
und die Autos standen zugeschüttet und stumm
auf der Fulton Road.

Wir könnten genauso gut verschwinden, meinte sie;
doch ich spürte, wie die Nachbarn im Dunklen träumten,
und sonntags, eingehüllt in Schals und schwere Mäntel,
sah ich sie: vorsichtige, leichtfüßige Seelen,
Geschöpfe dieser plötzlichen Lichtfülle,
verblüfft darüber, wie geheimnisvoll sie waren.

Faith

The tent show had been and gone
and now there was nothing but rust
and sunlight, like a poultice on the grass,
candy and broken glass
and a spare
tatter of hallelujah
blown through the dust

where somebody passing through
had stopped to write
a half-dozen half-formed letters
we couldn't decipher
out where the trailers had stood
at the edge of the night;

and the May Queen was lost for hours
before she was missed,
her mother asleep after back-shift,
her father a rumour,
a story the woman would tell
of a distant summer;
idealised, hazy at best,

he had left her one morning at dawn
for the Sanskrit of rain.
Go far enough, they say,
and some hideous god
will meet you, like a shadow on the road;
go further still, and scripture closes in:

Glauben

Nachdem die Zeltshow abgezogen war,
blieb, als böten sie einen Breiwickel,
nichts als Rost und Sonne auf dem Gras,
Süßwarenreste, Scherben Glas,
ein übriggelassener
Fetzen Halleluja
durch den Staub gewirbelt,

wo ein Durchreisender angehalten
und draußen am Rand der Nacht,
da, wo die Wohnwagen gestanden
waren, ein halbes Dutzend halbgeformte
Buchstaben geschrieben hatte,
die wir nicht zu entziffern vermochten;

und ehe man sie vermisste,
war die Maikönigin schon längst perdu,
während ihre Mutter nach der Spätschicht
schlief, der Vater nur ein Gerücht,
eine Geschichte, die die Frau erzählte,
über einen lang vergangenen Sommer;
eine verklärte, bestenfalls diffuse Figur,

habe er sie eines Tages im Morgengrauen
fürs Sanskrit des Regens verlassen.
Gehst du weit genug, so sagt man,
wird dir, wie ein Schatten auf der Straße,
irgendein abscheulicher Gott begegnen;
geh weiter, wird dich die Schrift einkreisen:

a run of sodden fields, an empty street,
the last few houses white and incomplete
like houses in an early Flemish
painting, lamplit
windows rimmed with soot,
a bright canal, and figures skating out
to distances where anything could vanish.

The woman never hears of them again,
the man long gone,
the daughter going after;
she sits up in the dark and prays for faith,
the strength she needs to say
they are together,

but sometimes, when she dreams, she comes upon
a scuffed trail in the woods, a beaten track
where something killed was dragged and trodden down
and hidden in the leaves. Its eyes are blind,
and what it clutches
in its broken hand,
is painfully familiar, shreds of black

and steel-grey, like that overcoat he wore
the day he left.
She wakes to mourning doves, a hint of blue,
thin sunlight on the ways and, at her door,
a figure she has never seen before,
not him, not her, but something of the two

mehrere durchweichte Felder, eine leere Straße,
die letzten Bauten teils noch roh, weiße
Häuser wie in einem flämischen Gemälde,
von Lampen beschienene Fenster
mit rußschwarzen Rändern,
ein leuchtender Kanal, Eisläufer bereits
in einer Ferne, wo alles entschwände.

Von ihnen hört die Frau kein Wort,
der Mann schon lange fort,
die Tochter ihm längst nachgegangen;
sie wacht im Dunkeln und betet um Glauben,
um die Kraft, die sie braucht, um sich zu sagen,
sie sind zusammen,

doch manchmal, wenn sie träumt, stößt sie
auf Schleifspuren im Wald, eine Schneise,
wo man etwas, das getötet, gezerrt,
zertreten worden war, unter Blättern
versteckt hat. Seine Augen sind blind,
und was die zerbrochene Hand
umklammert, ist ihr schmerzlich vertraut: schwarze,

stahlgraue Fetzen, wie vom Mantel, den er am Tag
seines Weggehens trug.
Sie erwacht zum schwermütigen Gurren der Tauben,
einem Hauch von Blau; auf den Wegen
fahles Sonnenlicht, und vor ihrer Tür,
ihr noch nie vor Augen, eine Kreatur:
nicht er, nicht sie, sondern etwas von beiden –

combined – and then the shape she glimpsed is gone:
no memory of either, for a long
still moment, as the usual day begins:
the unhymned hours of work, the swoop of grief,
the moment's pause for utter disbelief,
fresh venom in whatever peace she wins,
the random acts of love, the venial sins.

auf einmal verschwindet die erblickte Gestalt,
und in jenem langen stillen Augenblick behält
sie keinen der beiden mehr im Sinn, es beginnt
stattdessen ihr Alltag: ruhmlose Stunden
der Arbeit, Sturzflug der Trauer, das Innehalten
aus Erstaunen; voller Gift, egal wie verdient,
ihr Frieden; wahllose Liebesakte, lässliche Sünden.

Pieter Breughel: Landscape with Skaters and Bird Trap, 1565

Learn from this picture how we journey in the world
Slithering as we go, the foolish and the wise

We have to imagine the duties they leave behind
for the thrill of the river,
the kitchens and middens, the sheepfolds and clouded byres,
the old folk in their sick beds
mumbling prayers.

The day is bright
and this is their escape
from hardship,
but each has his private hurt, her secret dread:
the man who starts thirsty and tired, his body soured
with last night's schnapps,
then skates out to the bridge at breakneck speed,
away from the loveless matron he's had to endure
for decades;
the woman in blue and grey, keeping pace with her child,
untroubled for now, but never released from the fear
that her husband will catch her wasting his precious time
and beat her as he's beaten her for years,
the moment he gets her home.

At midstream, the children play
with makeshift hockey sticks and, near the church,
a man finds the thoughtless grace
of the boy he once was

Pieter Breughel: Winterlandschaft mit Eisläufern und Vogelfalle, 1565

Aus diesem Bild erfahre, wie wir die Welt bereisen:
Wir schlittern, so wir laufen, die Dummen und die Weisen.

Denken wir an die Pflichten, die sie beiseiteschieben,
um den Fluss genießen zu können,
die Küchen und Misthaufen, die Schafpferche und düsteren Kuhställe,
die gebetmurmelnden Alten
in ihren Krankenbetten.

Der Tag ist heiter,
und so entkommen sie
der täglichen Mühsal,
doch ein jeder hat sein privates Leid, eine jede ihre heimliche Furcht:
der Mann, der durstig und müde loszieht, sein Körper noch mürbe
vom Schnaps des vorigen Abends,
der nun in halsbrecherischer Geschwindigkeit zur Brücke hinaus läuft,
der lieblosen Matrone entrinnend, die er seit Jahrzehnten
ertragen muss;
die Frau in Blau und Grau, die vorerst sorglos mit ihrem Kind
Schritt hält, die die Angst aber nie so recht abschütteln kann,
dass ihr Mann, sobald sie wieder zu Hause ist,
sie beim Vergeuden seiner kostbarer Zeit erwischen und verprügeln wird,
wie er es seit Jahren schon tut.

Mitten auf dem Fluss spielen Kinder
mit selbst gebastelten Hockeyschlägern, und nahe der Kirche
gleitet ein Mann, der die selbstvergessene Anmut
seiner Jugend wiedergefunden hat,

to glide free
in the very eye of heaven;
it could be simple – paradise foreseen –
but up on the rightmost bank, amid thorns and briars,
someone has built a bird trap from a plank
set on a perch, from which a length of rope
snakes to a half-closed door,
and all around it, birds dip from the air,
starlings and fieldfares, redwings, unaware
of any danger.

It seems a fable and perhaps it is:
we live in peril, die from happenstance,
a casual slip, a fault line in the ice;
but surely it's the other thought that matters,
the sense that, now and then, there's still a chance
a man might slide towards an old
belonging, momentarily involved
in nothing but the present, skating out
towards a white
horizon, fair
and gifted with the grace
to skate forever, slithering as he goes,
but hazarding a guess that someone else
is close beside him, other to his other.

schwerelos und frei
unter dem Auge des Himmels hinweg;
es könnte so einfach sein – das vorhergesehene Paradies –
aber vorne am rechten Ufer, oben zwischen Dornen und Gestrüpp,
hat jemand eine aus Brettern gebaute Vogelfalle
mit einer Stange abgestützt, von der sich
ein Strick zu einer halbgeschlossenen Tür schlängelt;
und von überall lassen sich die Vögel herabgleiten,
Stare, Wacholderdrosseln, Rotdrosseln,
ohne eine Gefahr zu ahnen.

Es scheint eine Fabel zu sein und ist vielleicht auch eine:
wir leben in Gefahr, sterben durch Zufall,
einen kleinen Ausrutscher, eine Bruchstelle im Eis;
aber ist nicht der andere Gedanke noch wichtiger,
dass es nämlich immer noch menschenmöglich ist,
dann und wann in ein altes Zugehörigkeitsgefühl
dahingleiten zu können, ein paar Augenblicke lang
nur in der Gegenwart zu leben und einem weißen
Horizont entgegen
zu laufen, in Schönheit
und mit dem Segen begnadet,
für immer übers Eis laufen zu können, schlitternd vielleicht,
von der Vermutung jedoch ergriffen, dass jemand
neben einem läuft, ein Anderer des eigenen Anderen.

On the Fairytale Ending

Begin with the fend-for-yourself
of all the loves you learned about
in story books;

fish-scale and fox-print
graven on the hand
forever
          and a tiny hook-and-eye

unfastened in the sweetmeat of a heart
you thought would never grieve
or come undone.

May; and already
it's autumn: broken gold
and crimson in the medieval

beechwoods, where our shadows come and go,
no darker
than the figures in a book

of changes,
till they're hexed
and singled out

for something chill and slender in this world,
more sleight-of-hand
than sorrow or safekeeping.

Vom märchenhaften Ende

Beginne mit dem Sich-Durchschlagen
aller Liebenden, die dir in Geschichtenbüchern
begegnet sind;

Fischschuppen und Fuchstrittsiegel
in die Hand graviert,
immerdar,
            sowie Haken und Öse, winzig,

aufgegangen im Bonbon eines Herzchens,
von dem du dachtest, nie würde es trauern,
nie zugrunde gehen.

Mai; und jetzt schon
Herbst: gebrochenes Gold
und Karminrot in den mittelalterlichen

Buchenwäldern, wo unsre Schatten kommen und gehen,
kaum finsterer
als die Figuren in einem Buch

der Wandlungen,
bis sie verhext
und herausgegriffen werden,

um etwas Kaltes und Schmales in dieser Welt zu sein,
eher schon Täuschung
als Trauer oder Schutz.

Loved and Lost

Give me a childhood again and I will live
as owls do, in the moss and curvature

of nightfall
                    – glimpsed,
but never really seen,

tracking the lane
to a house I have known from birth

through goldenrod
and alstroemeria;

while somewhere,
at the far edge of the day,

a pintailed duck
is calling to itself

across a lake,
                        the answer it receives

no more or less remote than we become
to one another,

                              mapped
then set aside, till we admit

Geliebt und verloren

Gib mir wieder eine Kindheit, und ich werde
wie die Eulen leben, im Moor und in den Winkeln

der Abenddämmerung
                    – flüchtig erblickt,
doch nie wirklich gesehen,

derweil ich den Weg
durch Goldrute und Inkalilie

zu einem Haus verfolge,
das ich seit meiner Geburt kenne;

und irgendwo,
am äußersten Rand des Tages,

ruft eine Spießente
über den See

sich selbst zu,
                    und die Antwort, die sie erhält,

ist nicht mehr oder weniger fern
als die Ferne, die zwischen uns wächst,

                                        erst erkundet,
dann abgestoßen, bis wir zugeben,

that love divulged is barely love at all:
only the slow decay of a second skin

concocted from the tinnitus of longing.

dass bekundete Liebe kaum noch Liebe ist,
sondern nur der langsame Verfall einer zweiten Haut,

die wir aus dem Ohrensausen der Sehnsucht verfertigt hatten.

Heatwave

After it rained, the back roads gusted with steam,
and the gardens along our street filled with the scent
of stocks and nicotiana,
but it didn't get properly hot till the night drew in,
humid and heavy as glass
on our well-kept lawn.
It was high in the summer. With everyone else
in town for the Lammas fair
I took the meadow-path to where the river
stalled on a sudden blackness: alders
shrouded in night and warmth, and the first slow owl
charting the further bank.

There was always movement there
beneath the slick of moonlight on the turning
water, like a life beneath the life
I understood as cattle tracks and birds:
a darker presence, rising from the stream,
to match my every move, my every breath.
Eel-black and cold, it melded in my flesh
with all the nooks and crannies of the world
where spawn appears, or changelings slip their skins
to ripen at the damp edge of the day,
still blurred with mud
and unrecovered song.

Hitzewelle

Nach dem Regen stieg von den Wegen Dampf empor,
und die Gärten an unserer Straße füllten sich mit dem Duft
von Levkojen und Ziertabak,
doch wirklich warm wurde es erst, als sich die Nacht,
feucht und schwer wie Glas,
auf unseren gepflegten Rasen senkte.
Es war Hochsommer. Da die anderen
zum Lammas-Fest in die Stadt gegangen waren,
nahm ich den Pfad durch die Wiesen dorthin, wo der Fluss
auf einmal langsamer wurde, schwärzer: hier waren Erlen,
umhüllt von Nacht und Wärme, und eine Eule
machte erste Erkundungsflüge am anderen Ufer entlang.

Und jedes Mal war etwas dort, das sich
unter dem schlickigen Schwarz des ruhelosen Flusses
im Mondlicht regte, als ob es unter dem mir bekannten Leben
aus Viehwegen und Vögeln ein anderes Leben gab,
eine dunklere Präsenz, die aus dem Wasser aufstieg
und mir in jedem Atemzug und jeder Geste glich.
Aalschwarz und kalt, verschmolz sie in meinen Gliedern
mit allen Winkeln und Nischen einer Welt,
wo Laich erscheint, sich Wechselbälger häuten
und am klammen Rand des Tages heranreifen,
unscharf noch vom Schlamm,
von ungeborgenen Liedern.

But that night, as the sky above me turned,
I found a different swimmer in the steady
shimmer of the tide,
a living creature, come from the other side
to slip into the cool
black water. I remember how she looked,
beneath the moon, so motiveless and white,
her body like a pod that had been shelled
and emptied: Mrs Pearce, my younger sister's
science teacher, turning in the lit
amazement of a joy that I could almost
smell, across the haze of drifting heat.

I was crouched beneath a stand
of willows and I guess she didn't see
the boy who watched her swim for half an hour
then turn for home beneath the August moon,
a half-smile on her face, her auburn hair
straggling and damp;
yet later, as I walked the usual streets,
I thought that she would stop and recognise
a fellow soul, with river in his eyes,
slipping home under a wave of light and noise,
and finding the key to her nights
in his soft, webbed fingers.

Doch in jener Nacht, als es dunkler wurde,
entdeckte ich eine andere Gestalt, die im steten Schimmer
der Strömung schwamm,
ein lebendiges Wesen, von der anderen Flussseite gekommen,
das ins kühle, schwarze
Wasser geschlüpft war. Ich weiß noch, wie sie aussah,
unterm Mond, so blass, so ohne Hintersinn,
ihr Körper wie eine leere Schote, von allem Inhalt
ausgelöst: Mrs. Pearce, Naturwissenschaftslehrerin
meiner jüngeren Schwester, tummelte sich im hellen
Staunen einer Freude, die ich, durch die schwebende
Schleier der Hitze hindurch, beinahe riechen konnte.

Ich hockte unter einer Weidengruppe;
wahrscheinlich merkte sie den Jungen nicht, der ihr
eine halbe Stunde lang beim Schwimmen zusah,
oder wie sie unter dem Augustmond
mit einem halben Lächeln und nassen, strähnigen
rotbraunen Haaren nach Hause kehrte;
doch später, als ich durch die vertrauten Straßen ging,
dachte ich, sie müsste stehen bleiben, ihn erkennen,
den Seelenverwandten mit dem Fluss in seinen Augen,
der im Strom von Licht und Lärm nach Hause schlich
und in seinen sanften Schwimmhautfingern
den Schlüssel zu ihren Nächten fand.

Four Quartets

Saint-Nazaire

In history, as in nature,
decay is the laboratory of life.
Karl Marx

I L'impasse de l'Océan

Plane leaves drift through the wynds
around the Catholic church
in Saint-Nazaire,

freeze-dried, silent, wrapping-paper brown,
they gather in the nooks between abandoned
hair salons and shuttered pharmacies,

or swirl around in broken alleyways
till everything is powder – leaves and stalks
and sand-drift, all

in pulverem, except
the rock-cress in the kerbstones and the char-black
ganglia of fallen Judas pods.

I'm walking through the windless innertown,
– breeze-blocks, mongrels, smashed glass, *chantiers* –
walking towards the sky, and the smell of the tide

and reading the names from a map, *rue Lumière,*
impasse de Toutes Aides,
impasse de l'Océan.

Vier Quartette

Saint-Nazaire

In der Geschichte, wie in der Natur,
ist die Fäulnis das Laboratorium des Lebens.
Karl Marx

I L'impasse de l'Océan

Platanenblätter wehen durch die Gassen
rund um die katholische Kirche
in Saint-Nazaire:

gefriergetrocknet, lautlos, braun wie Packpapier,
sammeln sie sich in den Ecken zwischen verwaisten
Friseursalons und aufgegebenen Apotheken,

oder wirbeln in kaputten Durchgängen umher,
bis alles zu Pulver wird – Laub, Stengel
und Sandverwehung, allesamt

in pulverem – bis auf die Gänsekresse
zwischen den Bordsteinen und die ganglienartigen
brandschwarzen Hülsen eines Judasbaums.

Ich laufe durch die windstille Innenstadt
– Schlackenstein, Straßenköter, Glasscherben, *chantiers* –
laufe dem Himmel entgegen, dem Seegeruch,

und lese Namen von der Karte ab, *rue Lumière,*
impasse de Toutes Aides,
impasse de l'Océan.

Somewhere a bell is ringing,
though whether it comes from the church
or out to sea

I cannot tell;
when evening falls, the water bleeds away
towards a rose horizon where the boats

go out to fishing grounds and other
port-towns much like this;
the lights are only brilliant

in the distance, and no matter where we are,
the sea is somewhere else. The constancy
of gulls and harbour seals

belongs to elsewhere, when the moon comes out
and floats above the squalls of Europop,
the neon bars, the hyper Champion,

the kids racing bikes through disused
U-boat hangars, engine roar strafing the walls,
exhaust fumes wreathing the bays

of blue-lit water.
On the bridge to Petit Maroc,
a legend: VAGUER LA NUIT

DANS DES LUMIÈRES NARRATIVES,
an invocation, maybe, or a prayer,
but, really, all there is is what it says:

Von irgendwoher läutet eine Glocke,
schwer zu sagen, ob
von einer Kirche

oder von draußen auf dem Meer,
wo in der Dämmerung das Wasser
einem rosenfarbenen Horizont entgegenblutet

und Fischkutter zu ihren Fanggebieten
oder zu Hafenstädten wie dieser hinausfahren;
erst in der Ferne glänzen

die Lichter, und egal wo wir sind,
ist das Meer woanders. Die Beständigkeit
von Möwen und Seehunden

gehört zu einem anderen Ort, sobald der Mond
über den Klangböen des Europop auftaucht,
über den Neon-Bars, dem Champion-Hypermarkt,

den Kids auf Fahrädern, die durch stillgelegte
U-Boot-Hangars rasen, dem Motorengebrüll,
das von den Mauern abprallt, den Abgasen,

die sich um blaue Buchten kräuseln.
Auf der Brücke zum Petit Maroc
diese Legende: VAGUER LA NUIT

DANS DES LUMIÈRES NARRATIVES,
eine Beschwörung vielleicht, oder ein Gebet,
doch was da steht, ist tatsächlich alles, was es gibt:

the wind in my eyes
and the cold making light of the air,
as I wander from lamp to lamp, to the edge of the night,

and stand on the *quai des Marées*
looking out
to the ocean.

II Immortelle des sables

As much as anything, I love the pines
that grow along the seafront, making green
the harbour towns and docks
and narrow squares
of dust and shadow, wandering between
the sailors' mission and the Harbour bar;

or, spilled across the duneland in the wind:
sea holly, stonecrop; *panicaut, orpin blanc*:
sand orchid, eel-green and purple: *orchis bouc*
and *orchis bouffon*, fat on its silvered stem;

though if I had to choose among them all,
without a doubt, I'd take this common pearl,

this straggled beauty: *immortelle des sables*,
its dry, gold buds
                                vivid against the sand
as nothing is, dug in and everlasting.

in meinen Augen der Wind,
eine Kälte, die bei der Luft leichtes Spiel hat,
und ich schlendere von Laterne zu Laterne bis ans Ende der Nacht,

bleibe am *quai des Marées* stehen
und schaue
auf den Ozean hinaus.

|| Immortelle des sables

Zu dem, was ich am liebsten mag, gehören
jene Pinien, die am Meeresufer wachsen
und Hafenstädte, Kais und kleine Plätze,
voll mit Staub und Schatten, grün machen,
derweil ich entlang der Promenade wandle,
von Seemannsmission zur Hafenbar;

ansonsten verstreut vom Wind über Dünen:
Stranddistel, Sedum; *panicaut, orpin blanc:*
Sandorchidee, aalgrün und purpurn: *orchis bouc*
und *orchis bouffon,* fett, mit silbrigem Stengel;

doch wenn ich unter allen wählen sollte,
entschiede ich mich für die gemeine Perle

und zerzauste Schönheit: *immortelle des sables,*
deren dürre, goldene Knospen
                                                  vor dem Sand
– verwurzelt, ewig – unvergleichbar glänzen.

III Nocturne

The last dusk clings to the walls
of the Hôtel de Ville;

at Fleurs du Large,
the Christmas wreaths are out,

fairy lights silver the leaves
of ivy and fir,

the little window
is a memory

of childhood
in the happy-ever-after;

but now they're closing up:
time for the bars

or the absolute quiet of home
when you first turn the key

and everything
that loves an empty room –

dust mote, angel,
hourglass, shadow-play –

settles, or disappears
when you throw the switch

III Nocturne

Spätes Zwielicht schmiegt sich an die Wände
des Hôtel de Ville;

bei Fleurs du Large
stellt man Weihnachtskränze aus,

Lichterketten versilbern die Blätter
von Efeu und Tanne,

das kleine Fenster
erinnert

an eine Kindheit
im Glücklich-bis-ans-Ende;

doch jetzt machen die Geschäfte zu:
Zeit für die Bars

oder die vollkommene Ruhe von Zuhause,
wenn du den Schlüssel im Schloss drehst,

und alles,
was ein leeres Zimmer liebt –

Staubpartikel, Engel,
Stundenglas, Schattenspiel –

liegenbleibt oder verschwindet,
sobald du das Licht anknipst,

and something,
not quite light, but like

a narrative of light,
a simulacrum, golden, intricate,

resumes the way a story
is resumed:

table, mirror,
rose bowl, photograph.

On the *rue de Saillé*
a sapling gingko stands

in its own
luminescence;

headlamps
turn through the dark

and find the sea,
white on the water,

moonshine, cobalt blue,
the glowing satsuma

or cherry
of warning lights,

und etwas,
das nicht wirklich Licht ist, sondern wie

ein Narrativ des Lichts –
ein Simulakrum, golden, filigran–

weitergeht, so, wie eine Geschichte
weitergeht:

Tisch, Spiegel,
Rosenschale, Fotografie.

Auf der *rue de Saillé*
steht ein Ginkgo-Bäumchen

und leuchtet
aus sich heraus;

Scheinwerfer
erhellen eine Kurve

und finden das Meer,
Weiß auf dem Wasser,

Mondschein, Kobaltblau,
die strahlenden Satsumas

oder Kirschen
der Warnleuchten,

the last mauve of the evening
burning out

along the horizon: nightfall;
endlessness.

IV **Annonces**

To live here is to wait for messengers,
though why the angel takes such differing forms
is always a surprise: cowlicks of snow
on the threshold, the print of a leaf,
tomorrow's shipwreck gusting through the town
as life continues: shopping, memory,
crossing the road in the colourless wake of the dead;

and why does it never happen as it does
in picture books, the categorical,
the diffident stranger poised at the end of the bed,
the wash of the sea at the window, tomcats and birds
about their business on the jewelled lawn?

They quickly forget our names, stillborn and drowned
and second cousins rolled in on the tide,
and everything that lives must fill that space:
the photographs, the stones, the books of salt,
the branches of yarrow, preserved in the leaves of a bible.

während der letzte Malventon des Abends
am Horizont

verglüht: Einbruch der Nacht;
Endlosigkeit.

IV Annonces

Hier zu leben, bedeutet auf Boten warten,
warum der Engel aber solch verschiedene Formen annimmt,
ist immer wieder verblüffend: Schnecken aus Schnee
auf der Türschwelle, der Abdruck eines Blattes,
Böen vom morgigen Schiffbruch wehen durch die Stadt,
und das Leben geht einfach weiter: Besorgungen, Erinnerung,
die Straße im farblosen Schlepptau der Toten überqueren;

und warum passiert es nie, wie man es aus
den Bilderbüchern kennt: das Kategorische,
der unnahbare Fremde, der am Bettende wartet,
die Meereswogen am Fenster, während Kater und Vögel
ihr Leben auf dem funkelnden Rasen weiterleben?

Alsbald vergessen sie unsere Namen, Totgeborene,
Ertrunkene, an den Strand gespülte entfernte Cousins,
und alles, was lebt, muss diese Lücke füllen:
die Fotos, die Steine, die Salzbücher,
die zwischen Bibelseiten gepressten Schafgarbenhalme.

V La Brière

It turns out, what we thought of as the soul
is mostly sound;
not song, but like a memory of birds
or running water,
the churn of a paddle, the flicker and dip
of an oar,
narrow boats butting the land
on their quiet tethers,

so death will be a slower, surer fade
than any we imagine;
no mere extinction, like the evening's hush
before the ducks come, dipping to the marsh
in threes and fours, to find the darker ground,
no moment's pause, but absolute decay
where absence is a form
of generation.

Out in the dark, tonight,
our voices drift and sway
like hunting bees,
nothing to those who are going, but the place
they started from:
a given name, a word, a subtle variance
from what endures, the bright unspeakable,
not sky, not earth or flesh,
but finer still,
a call across the lake you half-believe

V La Brière

Wie sich gezeigt hat, ist das, was wir als Seele betrachten,
größtenteils Klang;
nicht Gesang, sondern wie eine Erinnerung an Vögel
oder an fließendes Wasser,
die Rührschläge eines Paddels, das flimmernde
Eintauchen eines Ruders,
schmale Boote an Fangleinen, die leise
gegen den Steg stoßen,

so wird der Tod ein ausgedehnteres, entschiedeneres Verklingen sein
als wir uns vorstellen können;
kein bloßes Abschwellen, wie jene Stille des Abends,
ehe die Enten in Dreier- oder Vierergruppen
auf die Marsch einfallen und die dunkelsten Stellen aufsuchen,
kein flüchtiges Aussetzen, sondern vollständige Verwesung,
wo Fehlen eine Form
von Werden ist.

Unsere Stimmen ziehen draußen
im Dunkeln umher, wiegen sich in der Brise
wie hungrige Bienen,
für die, die fortgehen, nur noch
der Ort, an dem ihre Reise begann:
ein Rufname, ein Wort, eine subtile Abweichung
von dem, was bleibt, das Leuchtend-Unsagbare,
nicht Himmel, nicht Erde oder Fleisch,
sondern viel feiner,
vom anderen Seeufer ein Ruf, an den du

is nothing, though it happens all the time,
end and beginning,
footfall, leaf-fall, silence.

By Pittenweem

One knows
There is no end to the other world,
no matter where it is.
Charles Wright

I Home

We studied to love the cold,
to make a friend of it, to call it home,

since nothing else
was altogether true,

steeple, or pithead,
bellflower, grandmother's ring;

yet still we were expert
in thaw,

mapping the wetlands,
waiting for crowsfoot to blossom,

fighting the pull of rivers
on April nights,

nicht ganz glaubst, obschon es nicht selten vorkommt,
Ende und Anfang,
Schritte, Blätterfall, Schweigen.

Bei Pittenweem

Man weiß,
dass die andere Welt kein Ende hat,
egal wo sie ist.
Charles Wright

I Zu Hause

Wir studierten die Kälte, um sie zu lieben,
sie zu befreunden, um sie unser Zuhause zu nennen,

zumal nichts anderes
wirklich überzeugte,

weder Kirchturm noch Förderturm,
Glockenblume noch Omas Ehering,

wir blieben dennoch Experten
für Tauwetter,

akribische Vermesser der Feuchtgebiete,
harrten des Blühens der Akeleien

und rangen in Aprilnächten
mit dem Sog der Flüsse,

till all the dreams we had
were dreams of water.

Now, on the fields
and the thrawn trees lining the ditch,

the new sun gathers and runs
like clarified butter,

and, perched on a fence post,
a buzzard extends its wings,

then settles back;
                                        I'm not a threat to him:
a man without a gun, without a dog,

walking his boundary, measuring,
making good,

I'm not really bound to this place, but
here by choice:

pledged to the first thaw; visible;
out in the open;

accustomed to secrets
and keeping the best of myself

for private use:
a cold blade clenched in my fist

bis all unsere Träume
Träume von Wasser waren.

Jetzt sammelt sich
die neue Sonne und fließt wie geklärte Butter

über die Felder und knorrigen Bäume
entlang des Grabens,

und ein Bussard auf einem Zaunpfahl
breitet zunächst seine Flügel aus,

und beruhigt sich wieder;
für ihn bin ich keine Bedrohung:
ein Mann ohne Gewehr, ohne Hund,

der seine Grenzen abläuft, Strecken ausmisst,
das Beste daraus macht,

bin ich an diesen Ort nicht wirklich gebunden,
bin freiwillig hier:

der ersten Schneeschmelze verpflichtet; sichtbar;
im Offenen;

an Geheimnisse gewöhnt,
und daran, mein Bestes für den eigenen

Gebrauch zu behalten:
ein kaltes Messer oder eine Rolle Draht

or a length of twine,
my body mapped and measured by the heft

of work that must be done
no matter what.

Springtime again:
                                        the news all news of flood
and death by drowning,

a levee crumbling away,
a boat going under,

women and children
with faultlines of dread in their faces,

bloated bodies
sprawled on limbs of sand;

and yet, from a distance,
it's hard not to notice the beauty,

the stillness that falls,
the everyday chaos of flotsam,

and, out on a bridge of sandbags,
wed to the rain,

the rescue teams, still working in the dark,
each with his secret, and keeping the best of himself

in meiner Faust umklammert,
mein Körper indes geprüft und gezeichnet:

von der Schwere der Arbeit, die entsteht,
komme, was da wolle.

Frühling wieder:
die Nachrichten sind voll
von Überschwemmungen und Ertrunkenen,

einem bröckelnden Deich,
einem sinkenden Boot,

Frauen und Kindern,
deren Gesichter vom Grauen gezeichnet sind,

aufgedunsenen Leichen,
die ausgestreckt auf den Sandzungen liegen;

und doch, aus der Ferne
fällt es schwer, die Schönheit nicht wahrzunehmen,

die Stille, die sich über alles legt,
das alltägliche Chaos des Strandguts,

und weiter draußen auf einer Brücke aus Sandsäcken,
vermählt mit dem Regen,

die Rettungsmannschaften, die immer noch im Dunkeln arbeiten,
wo jeder sein eigenes Geheimnis hat und sein Bestes

for hope
the way the coldest things
give hope:

floodwater, blizzard,
the numb girls pulled from the wreck

still breathing,
in the only home we have:

bone-cold, starlit,
plotted with kill-sites and whispers,

buzzards and starlings
drawn in, then turning away,

spawn in a dew-pond,
stitching the grass with desire.

II Yird

There was something I heard in the wind,
geese, or the call of a vixen,
or something else, beyond vocabulary;

and sometimes, at night, I feel myself
alone in the dark and looking to see what there is
between the near field and the kitchen door:

für die Hoffnung aufbewahrt,
so wie das, was am kältesten ist,
Hoffnung spenden kann:

Hochwasser, Schneesturm,
aus dem Wrack gezogene Mädchen, die, taub vor Kälte,

immer noch atmeten,
im einzigen Zuhause, das wir haben:

beinkalt, sternklar,
durchsetzt mit Tötungsstätten und Flüstern,

wo Bussarde und Stare
angezogen werden und wieder fortfliegen

und Laich von einem Tauweiher
das Gras mit Begehren flicht.

II Erd

Da war etwas, was ich im Wind hörte,
Wildgänse, den Ruf einer Füchsin,
oder etwas anderes, jenseits von Wörtern;

und nachts fühl ich mich manchmal allein
in der Dunkelheit und werfe einen Blick hinaus, um zu sehen,
was es zwischen dem nahen Feld und Küchentür so gibt:

the old familiars shifting in the grass
beyond the garden; mute ghosts come from the sea;
the gods that only stones and bulbs recall

rising like smoke and waiting to be found
in the cry of a bird, or the promise of midnight frost;
though nothing will come in a form I could recognise,

no story book figure, no cold face pressed to the glass,
no girl in the attic, weeping, or clutching a doll,
no eerie singing, out along the hedge

some August afternoon.
Tonight, when I stop to imagine, nothing is there,
or only a mist of rain on the left-over pea-sticks,

a glint of light, or something like a cry
that might be nothing;
only the other world
unending, yet lost throughout time

in a circle of light,
a murmur that comes through the wind,
a hand's breadth, a wingspan,

arriving from nowhere, or conjured up out of the dark
between the near field and the kitchen door,
to sound me out, to comfort me with nothing.

vertraute Gestalten, die durchs Gras
hinter dem Garten ziehen; stumme Geister vom Meer;
Götter, an die sich bloß Steine und Zwiebel erinnern,

die wie Rauch aufsteigen und darauf warten, in einem Vogelruf,
oder als Verheißung eines Mitternachtsfrosts entdeckt zu werden;
obwohl nichts in einer Form kommen wird, die ich erkenne,

keine Märchenfigur, kein eisiges Gesicht am Fenster,
kein weinendes Mädchen mit Puppe auf dem Dachboden,
kein unheimliches Singen, eines Nachmittags im August,

als käme es vom anderen Ende der Hecke.
Wenn ich heute Abend innehalte, ist gar nichts da,
oder nur Regendunst auf den übriggebliebenen Erbsenstöcken,

ein leichtes Glitzern, oder etwas wie ein Schrei,
der auch gar nichts sein könnte;
                                                  nur die andre Welt,
die zwar nicht endet, doch über alle Zeiten hinweg

in einem Lichtkreis verschollen ist,
in einem Raunen, das mit dem Wind kommt,
in einer Handbreit, einer Flügelspanne,

die aus dem Nichts kommt, oder aus der Dunkelheit
zwischen dem nahen Feld und der Küchentür heraufbeschworen wird,
um mich auszuhorchen, um mich mit nichts zu trösten.

III Dirt Road

Something that runs to copper
or cornflower blue,

a live creature bounding away
from the glare of my headlamps

and, when the engine stops, a sudden
quiet that waits to be filled

by owls, or cicadas;
though somebody else would say

it's only in the afterlife we get
to talk about such things:

the scent of diesel
misting on our fingers,

a motion in the sky
that never stops,

and how the brimming undergrowth is laced
with boundaries, the softness underfoot

a terminus
                    that shifts
and wanders,

                         though the end is all it seems:
another colour, not quite red, or mauve,

III Schotterstrasse

Durchschimmernde Spuren von Kupferrot
oder Kornblumenblau,

ein wildes Tier, das in großen Sätzen
vor den Scheinwerfern davonläuft,

und, beim Ausschalten des Motors, eine plötzliche
Stille, die wartet, von Eulenrufen

oder Zikadengezirpe gefüllt zu sein;
obwohl andere sagen würden,

erst im Jenseits sei es möglich,
über solche Dinge zu reden:

über den Schleier von Dieselduft
der sich um die Finger wickelt,

über eine Bewegung im Himmel,
die niemals aufhört,

und wie das wimmelnde Unterholz von Grenzen
durchzogen ist, das Weiche unter den Füßen

einen Endpunkt bildet,
                                        der wandert,
sich verschiebt,

                              obgleich das Ende genau das ist, als was es erscheint:
eine neue Farbe, nicht ganz rot oder malvenfarbig,

a trace of cold
more urgent than a kiss,

arriving, like some homespun messenger,
to isolate this waking from the dark.

IV History

Pilots and whalers, authorised privateers,
fugitives, botanists, ships' surgeons, makers of maps,
sailing from here, or further along the coast,
to parts unknown;
                                        or, half a mile inland,
the old-time celebrants
of seed and weather: tradesmen in their gloves
and aprons; blacksmiths, burnished by the heat
of dark, unending fires; the wandering
haberdasher, cycling round the farms
with cotton twills and satins for a dance;

for all of them, the predicate was home,
if not the world of others, then the world
of all they left unsaid; *that* inwardness:
the house behind the houses in their dreams,
the house of cold, the rooms of fern and bone,
the refuge in a squall, the proof in storms.

eine Spur von Kälte,
die dringlicher ist als ein Kuss

und wie irgendein heimischer Bote eintrifft,
um diese Wachheit von der Dunkelheit zu trennen.

IV Geschichte

Lotsen und Walfänger, legitimierte Freibeuter,
Flüchtlinge, Botaniker, Schiffs-Chirurgen, Kartografen,
die von hier oder von anderen Häfen dieser Küste ausliefen,
mit unbekanntem Ziel;
oder, eine halbe Meile landeinwärts,
den alten Mysterien von Saat und Wetter gewidmet,
jene Eingeweihten: Handwerker in Handschuhen
und Schürze; von der Hitze ihrer dunklen, unendlichen
Feuer brünierte Schmiede; der wandernde
Kurzwarenhändler, der vorm Tanzabend mit Baumwollköpern
und Satins von Hof zu Hof radelte;

für alle war die Voraussetzung ein Zuhause,
und das war weniger die Welt der anderen als jene Welt,
die sie unausgesprochen ließen; *jene* Innerlichkeit:
das Haus hinter den Häusern ihrer Träume,
das Haus der Kälte, Zimmer voll mit Farn und Knochen,
die Sturmbö als Zufluchtsort, der Sturm als Probe.

All afternoon I waited for the snow,
the horses in the near field staring off
to somewhere memorised; some open plain,
ice in the grass, the grass mapped out in song.
The old potato track, the Lochty line,
is frost and brambles now,
the rattle of old trains sealed in the wood
of fence posts, or that singing in the wires
that mark each neighbour's plot
of whins and stones.

I picture them, shipped in from tenements
and mining towns: mothers and eldest sons,
the casually employed, in hats and scarves,
wet hands numb with the cold
as they follow the tractors,
the life without end of lives that history
finds interchangeable:

my mother, say,
in her damp coat and hand-knitted sweater,
leading the way; me, stumbling over the clods
and wishing I was home beside the stove,
clothes hanging up to dry in our steaming kitchen,
the radio playing, those voices from somewhere else
announcing the songs we would hum,
as we counted the hours,
crossing the field, unseeing
and bright with the cold,
everything bleeding away,
to pulp and rain.

Den ganzen Nachmittag wartete ich auf Schnee;
die Pferde auf dem Koppel hefteten ihren Blick auf irgendeinen
im Gedächtnis gespeicherten Ort: eine breite Ebene,
Eis im Gras, Gras kartiert als Gesang.
Von der alten Kartoffelstrecke, der Bahn nach Lochty,
bleibt heute nur Frost und Brombeergestrüpp,
das Geratter alter Züge versiegelt im Holz
der Zaunpfähle, oder jenes Singen in den Drähten,
die benachbarte Gärten voller Steine und Ginster
voneinander trennen.

Ich stelle mir vor, wie sie von Mietskasernen und
Bergwerksorten herangekarrt werden: die Mütter
mit ältestem Sohn, Tagelöhner in Hut und Schal,
deren nasse Hände taub vor Kälte sind,
während sie hinter den Traktoren laufen –
das unaufhörliche Leben jener Leben, die die Geschichte
für austauschbar hält:

                    etwa das meiner Mutter,
die in feuchtem Mantel und selbstgestricktem Pulli zeigt,
wo es lang geht, ich indes über die Schollen stolpere und davon
träume, zu Hause am Ofen zu sitzen, wo unsre Kleider
in der dampfenden Küche zum Trocknen aufgehängt werden
und das Radio Stimmen von irgendwoanders bringt,
die Lieder ankündigen, die wir später summen werden,
während wir die Stunden zählen
und über die Felder laufen, mit leerem Blick,
unsere Backen leuchtend vor Kälte,
und alles in einem Matsch aus Regen
und Schlamm verschwimmt.

All afternoon, I waited for the ghosts
I wanted to find, shapes
shifting in the white
of blizzard,
                ghosts
not altogether dead, just *cold and gone*;
but when it came, the snow fell urgently
and for the sake of urgency alone,
empty and clear and quick, erasing the road,
erasing the deer-runs and verges, remaking the land
as something unknown and familiar, some holy ground:
the house behind the houses in my dreams,
standing apart, a little cube of lights
and singsong: music; voices from afar;
wind in the phone lines;
the hum of an idling machine.

V Beginning

The worst is to reach the end
and never know:
                        my mother,

dying, say,
pretending the future

existed, when all she had
was an infinite present,

Den ganzen Nachmittag wartete ich auf die Gespenster,
die ich hier suchte, Gestalten,
die sich im Schneesturm
wandelten,
                    Gespenster,
die nicht wirklich tot waren, sondern nur *kalt und verzogen*;
doch als der Schnee kam, fiel er heftig,
wie von einer Dringlichkeit getrieben,
und er war leer und eindeutig und hastig, und löschte die Straße aus,
löschte Rehweg und Wegrand, umwandelte das Land
in Unbekanntes und zugleich Vertrautes, in eine Art
von heiligem Boden: das Haus hinter den Häusern
meiner Träume, alleinstehend, kleiner Würfel aus Licht
und Singsang: Musik; Stimmen von weit her;
Wind in den Telefondrähten;
das Summen einer Maschine im Leerlauf.

V **Anfang**

Am schlimmsten ist, das Ende unwissend
zu erreichen:
                    meine Mutter,

sagen wir, auf ihrem Sterbebett,
die so tat, als gäbe es

die Zukunft, obschon sie lediglich
eine ewige Gegenwart hatte

a foreknowledge circling her eyes,
like cold, or soot,

                                        a burial
rehearsed between her fingers;

or this old buzzard on the disused
railway line, unravelling his kill,

the winter that might be his last
unfolding around him:

sheep-tracks
and muddled snow,

and the deep sky over his head
unfastened

by the first true white
of stars.

No doubt the earth
forgets us, as we pass

from here to there:
the living and the dead

consanguine, vagrant,
blurring along the walls

like snowdrifts, or some
flicker in the wind,

und eine Vorahnung schon ihre Augen umgab,
wie Kälte oder Ruß,

während ihre Finger
eine Beisetzung probten;

oder dieser alte Bussard auf dem stillgelegten
Bahngleis, der seinen Riss auseinander nimmt,

vielleicht sein letzter Winter
sich indes um ihn herum entfaltet:

Schafspuren
und zertrampelter Schnee,

und über seinem Kopf der tiefe Himmel,
den das erste wahre Weiß

der Sterne
aufschließen wird.

Wohl vergisst uns
die Erde, wenn wir

von hier nach dort ziehen:
die Lebenden und die Toten,

blutsverwandt, unstet,
Unruhe wie Schneegestöber

entlang von Mauern, ein vages
Flimmern im Wind,

but this
is neither end

nor resurrection,
only the subtler work

of being:
                birth
in *mutabilitie,*

the black
between the pinion and the snow,

the scattered flesh,
the sweet slur in the dew,

arriving
at a natural conclusion:

logos and water, navelwort,
singing bones,

scavenger warmth
emerging from the cold.

aber hier
ist weder Ende

noch Auferstehung,
sondern allein das feine Wirken

des Seins:
               die Geburt
im Wandelbaren,

das Schwarze
zwischen Schwinge und Schnee,

das verstreute Fleisch,
süßriechender Tauschlamm,

führt
zu einem natürlichen Ergebnis:

logos und Wasser, Venusnabel,
singende Knochen,

aasfressende Wärme,
die aus der Kälte hervortritt.

Le Croisic

Tradition means giving votes to the most obscure of all classes, our ancestors. It is the democracy of the dead. Tradition refuses to submit to that arrogant oligarchy who merely happen to be walking around.
G. K. Chesterton

I Sacred

December; the wind from the point;
nobody here but an old man walking his dog
and a jogger, tuned to the venom
of Eminem.

A flat-boat sits in the harbour, like a lost
sarcophagus: burnished,
abandoned;
a solitary tourist – Japanese, out-of-season –

walks with her trolley-bag to the empty station
to wait for the TGV
while she drinks a soda.
This is the terminus; this is the end of the line:

empty and sacred, a scatter of bells and lights
at the ocean's rim,
and everything else implied: the salt-marsh, the water,
Egyptian ibis, breeding in the dams

and wetlands, hieratic, and far too precise
in their shapes and colours:

Le Croisic

Tradition heißt, der dunkelsten aller Klassen das Stimmrecht einzuräumen: unseren Vorfahren. Es ist die Demokratie der Toten. Die Demokratie weigert sich, der kleinen und arroganten Oligarchie derer, die einfach zufällig auf Erden wandeln, sich zu unterwerfen.
G. K. Chesterton

I Heilig

Dezember; Wind von der Landzunge her;
niemand da, nur ein alter Mann mit Hund
und ein Jogger mit Ohrenstöpseln, eingestellt
auf das Gift von Eminem.

Ein Flachboot liegt im Hafen wie ein abhanden
gekommener Sarkophag: patiniert,
vergessen;
eine einzelne Touristin – Japanerin, außer Saison –

zieht einen Trolley hinter sich her zum leeren Bahnhof,
wo sie auf den TGV wartet
und eine Brause trinkt.
Hier ist der Kopfbahnhof, der Endpunkt:

leer und heilig, ein Wirrwarr von Glocken und Lichtern
am Rande des Ozeans,
alles andere nur angedeutet: die Salzwiesen, das Wasser,
der Heilige Ibis, der an den Dämmen

und Auen brütet, hieratisch, Form und Farben
viel zu klar umrissen:

an alien species, eternally, wordlessly pledged
to the alien dead.

Nothing is certain here; it's all implication;
in winter, the houses are shuttered
and empty, the antique furniture
still as the wardrobes and chairs

a man sees, when he rises from a dream
of childhood, and his house is strange again,
a borrowed space to shelter from the night,
brimming with insects and shadows, scented with loam,

a simmer of dust in the pipe-work, the guttering candles
and slut's hair of a foreign memory,
smudges of chalk on a mirror, the rust-red or sallow
weathermarks that once were flocks of birds

or ghostly angels, rising through the plaster.
Here, in the off-time, the angels flare from a space
that nobody owns: the moonlight glazing a floor;
the chiming of a clock, still running down

between a locked door
and a flight of stairs
                    – it's all
annunciation,
one way of another,

here, where the fog comes in
from the white Atlantic,

eine fremde Art, auf ewig wortlos,
mit den fremden Toten im Bund.

Eindeutig ist hier nichts; alles ist Andeutung;
im Winter bleiben die Häuser verschlossen
und leer, die antiken Möbel so still
wie Schränke und Stühle, die einer sieht,

wenn er von der Kindheit geträumt hat und sein Haus
ihm beim Wachwerden fremd erscheint, als hätte man
ihm für diese Nacht ein Obdach gewährt,
wo es vor Insekten und Schatten wimmelt, duftend nach Lehm,

staubiges Röcheln in den Rohren, flackernde Kerzen
und die Wollmäuse eines fremden Gedächtnis,
Kreideschlieren an einem Spiegel, rostbraune oder fahle
Witterungsflecken, die einst Vogelschwärme waren

oder gespenstige Engel, die durch den Putz drangen.
Hier, in der anderen Zeit, blitzen Engel in einem Raum auf,
der niemandem gehört: Mondlicht lasiert den Boden,
das Schlagen einer Uhr, das noch immer

zwischen einer verriegelten Tür
und einer Treppe abläuft
– alles ist
Ankündigung,
so oder so,

hier, wo der Nebel
vom weißen Atlantik hereinweht,

sea-fog, salt-fog,
white on the white of the walls,

voices and wings seeping in
through a broken shutter:

                                        all
annunciation,
waiting to be seen

and heard
                – though only in due course:
the householder back from the city in early summer,
unshrouding the tables and desk-lamps, lighting a fire
and finding spots of dust, fogged smears of wax,

smudges of oil on the paintwork,
a hum in his fingers
and something like music
suspended above the rafters.

Nobody sees the angel face to face,
it's mostly induction, a reading of clues and signs
as, after the fact, he remembers the sea as it was
on a specified morning, two or three seasons ago:

how something was there, all along,
in the afternoon light,
the path leading down to the inlet spotted with vetch
and orchids, the flex of the sacred

Seenebel, Salznebel,
weiß vorm weißen Grund der Wände,

wo Stimmen und Flügel einsickern
durch einen kaputten Fensterladen:

                                                    alles
Ankündigung,
die gesehen

und gehört werden will
                                        – wenn auch nur zu gegebener Zeit:
der Hauseigentümer im Frühsommer von der Stadt zurückgekehrt,
reißt Tücher von Tischen und Lampen herunter, macht Feuer
und findet Staubflecken, schmierige Wachsspuren,

Ölkleckse an den bemalten Wänden,
ein Summen in seinen Fingern
und etwas wie Musik,
das über den Dachsparren schwebt.

Keiner begegnet einem Engel von Angesicht zu Angesicht,
es geht um Rückschlüsse, das Lesen von Zeichen und Spuren,
und wie er sich erst im Nachhinein ans Meer
an einem bestimmten Morgen vor zwei, drei Sommern erinnert:

wie es tatsächlich, die ganze Zeit schon
im Licht jenes Nachmittags, etwas gegeben hatte,
wo der Pfad, gesprenkelt mit Wicken und Orchideen,
hinunter zur Bucht führte und der Tonfall des Heiligen

as faint as a faraway voice
on the shimmering water,
though all that matters now, in this quiet arrival,
is learning to live as a guest in the house he inherits;

II Idir Eathara

and still the dead are with us,
every day,

coming inland from the point: the meagre dead,
touched with the salt of distance,
marked with the blue

of oyster beds
their faces glimpsed and lost
along the treeline, on another shore;

and surely those others are here,
the still unborn,
the scent of a world to come
on their eyelids and fingers,

the names they will acquire and wear away
swelling to fit the wind, or burnt by the sun;

though nothing shows: the still of afternoon
continues, while a man in overalls

so schwach war wie eine ferne Stimme
über dem schimmernden Wasser,
obwohl das einzig Wichtige an dieser leisen Ankunft ist,
im Haus, das er erbt, wie ein Gast leben zu lernen;

II Idir Eathara

und noch sind die Toten unter uns,
jeden Tag

kommen sie von der Landzunge her landeinwärts: diese mageren
Toten, vom Salz der Ferne berührt,
gezeichnet vom Blau

der Austernbänke,
ihre Gesichter, flüchtig erblickt, schon
am Waldrand aus den Augen verloren, an einem anderen Strand;

und sicher sind die anderen auch hier,
die Ungeborenen,
mit dem Duft einer künftigen Welt
an ihren Augenlidern und Fingern,

während sich die Namen, die sie annehmen und abtragen werden,
im Wind aufbauschen oder von der Sonne

verbrannt sind, obschon sich nichts davon zeigt: die Ruhe
des Nachmittags hält an, der Mann im Overall

works on his boat;
a girl walks to the beach,
pushing a wheelchair: her mother, say,
or a friend

of the family, timeworn and empty handed
and leaning
just a little
into something

faraway: a frequency,
a sky
that no one else can see,
another time

unfolding in the light that finds her out
and passes through the needle of her eye:
a form

as colourless as birth
or memory.
Maybe she knows she is going

to meet them again, and maybe she knows their names:
children who drowned in the ocean at Port aux Rocs,

the great-aunt who fell through a dream
of apples and new-washed linen

at Le Paradis.
The man at the edge of the water sets aside

werkelt an seinem Boot;
ein Mädchen läuft zum Strand und schiebt
einen Rollstuhl; und ihre Mutter vielleicht,
oder eine Freundin

der Familie, verhärmt, mit leeren Händen,
lehnt sich
kaum merklich
in etwas

Weitentferntes hinein: eine Frequenz,
einen Himmel,
den kein anderer sehen kann,
eine andere Zeit,

die sich im Licht entfaltet, das sie aussucht
und sich durchs Öhr ihres Auges fädelt:
eine Form,

farblos wie die Geburt
oder das Gedächtnis.
Vielleicht weiß sie, dass sie sie wieder

sehen wird, und vielleicht weiß sie ihre Namen:
die Kinder, die bei Port aux Rocs im Ozean ertranken,

die Großtante, die durch einen Traum
von Äpfeln und von frischgewaschener Wäsche

in Le Paradis stürzte.
Der Mann am Ufer legt

his tools, pulls off
his goggles, and looks to see

how much there is still to do: paint-stains and oil
on his fingers, his sea-coloured eyes

deepened with the years
of ocean light;

he belongs to another time, to the guesswork and craft
of some old clan of seafarers, ready to leave

at a moment's notice, given up for lost
so often, they were traded to the sky

in every song or prayer they left behind
for others to sing or whisper in the dark,

while they sailed on, with the dead
and the unconceived,

betrothed to the space they had glimpsed,
but could never explain

a mile from all they knew: the chapel; the harbour;
the laughter of women; the music of midsummer's eve.

sein Werkzeug beiseite, nimmt
die Schutzbrille ab und schaut

was noch zu tun ist: mit Farbflecken und Öl
an den Fingern, mit meeresfarbenen Augen,

die durch die Jahre im Seelicht
tiefer geworden sind,

gehört er einer anderen Zeit an, dem Rätselraten und Handwerk
irgendeines alten Seefahrerclans, dessen Söhne jederzeit

bereit waren, auf Anhieb auszulaufen, und so oft
als verloren galten, dass in jedem Lied oder Gebet,

das die Hinterbliebenen sangen oder im Dunkeln flüsterten,
sie dem Himmel als Pfand anbefohlen wurden,

derweil sie selbst mit den Toten und Ungezeugten
weitersegelten,

jenem Raum versprochen, den sie flüchtig erblickt hatten,
aber nie erklären konnten,

eine Meile entfernt von allem, was sie kannten: der Kapelle,
dem Hafen, Frauengelächter, der Musik der Mittsommernacht.

III Gwenn Ha Du

I remember the song they would sing
all the way home from the Woodside, my uncles and cousins,
tarred with the mines and the shipyards, cradled in smoke
and bawling it out, on rain-deadened streets and wynds,
to hear the echo turning in the stones
like déjà vu
  – *and still I live in hope to see*
the holy ground once more –

What they were looking for, then,
was another beginning,
the black that occasions white, the white in black,
an older soul, exhumed from flesh and bone
to carry on the ancient narrative
of manhood as a song, the savage joy
of bagpipe music, pagan memories,
a host of kinsfolk rising from the sea,
a house looming out of the fog
and becoming home.

I think, now, of their disembodied love
and that animal sense I share, in the nerve and the bone
of something urgent, straining from the veins
of holy ground: the hard quotidian;
pit-shafts and docks, harbours and open meadows,
the gap in the hedge, the whisper of running water,
an acre of fog and brambles where something I lost
returned in another form, and was barely remembered.

III Gwenn Ha Du

Ich erinnere mich an das Lied, das sie sangen, die Onkel
und Vettern, den ganzen Weg heim von der Woodside:
noch rußschwarz von den Minen und Werften, umwölkt von Qualm,
brüllten sie es in vom Regen gedämpfte Straßen und Gassen,
genossen den Widerhall von den Steinen, der so nachklang,
als hätten sie alle ein Déjà-vu
– und doch lebe ich in Hoffnung,
den heiligen Boden wiederzusehen –

Was sie suchten, damals,
war ein neuer Anfang,
das Schwarz, das Weiß gebiert, das Weiß im Schwarz,
eine Seele von früher, aus Fleisch und Knochen geborgen,
durch die die uralte Geschichte der Männlichkeit
als Gesang fortlebt, die wilde Freude
der Dudelsackmusik, das heidnische Erbe,
eine Schar von Verwandten, die aus den Wellen emporsteigt,
ein Haus, das aus dem Nebel auftaucht
und ein Zuhause wird.

Ich denke heute an ihre entkörperlichte Liebe
und an jenen animalischen Sinn, den ich teile, für etwas
Dringliches im Mark und Sensorium, das durch die Venen
heiligen Bodens drängt: der harte Alltag,
Minenschächte und Kais, Häfen und Auen,
die Lücke in der Hecke, das Flüstern fließenden Wassers,
ein Morgen Gestrüpp und Nebel, wo etwas, das ich verloren hatte,
verwandelt zurückkehrte, kaum noch zu erkennen.

No permanence is here; no planned Imperium;
this is the holy ground, where nothing happens,
a place we can take for home, when we understand
that it cannot be held, it cannot be taken or given:
egret and cormorant, ibis, the shore birds and waders;
the Japanese tourist; the girl from the waterfront bar;
the clan ghosts and latter-day saints, and the self-appointed
keepers of song and war; the unblinking dead:
everything passes through – but the passing through
is what we think of, now, as sanctuary;

and, sometimes,
nothing will happen:
the world that was ebbing away turns back on itself,
a gust of wind, the sidestreet *bagadou*,
children's voices
gathered in a cypress;
what matters now is not the narrative,
what matters is not the event, but the light-frayed hem
of the moment's annunciation;
what matters is the point where nothing matters:
the gap in the hedge, an acre of fog and brambles
and how the sacred – hard quotidian –
returns to us in songs and superstitions,
an ember that burns in the nerves and the reasoning brain,
a guttering flame, that nothing will ever extinguish –

Nichts hier ist dauerhaft; keiner plant ein Weltreich;
das ist heiliger Boden, wo nichts geschieht, ein Ort,
aus dem wir ein Zuhause machen können, solange wir verstehen,
dass wir ihn nicht festhalten, besitzen, weiterschenken können:
Seidenreiher und Kormoran, heiliger Ibis, Watvögel und Strandläufer;
die japanische Touristin; das Mädchen von der Hafenbar;
Gespenster der Clans, neue Heiligen und selbsternannte
Hüter des Gesangs und des Kriegs; die unerschrockenen Toten;
hier ist alles auf Durchreise – doch dieses Durchreisen ist genau das,
was wir heute als Heiligtum denken;

und manches Mal
geschieht auch nichts:
die Welt, die vorher abebbte, kehrt nun zu sich selbst zurück,
ein Windstoß, die *bagadou* der Nebenstraßen,
Kinderstimmen,
die sich in einer Zypresse sammeln;
was jetzt zählt, ist nicht das Erzählen,
was zählt ist nicht das Ereignis, sondern der leicht zerfranste Saum
der Verkündigung;
was zählt ist der Moment, in dem nichts zählt:
die Lücke in der Hecke, ein Morgen Gestrüpp und Nebel,
und wie das Heilige – der harte Alltag –
in Liedern und Aberglauben wiederkommt,
eine glühende Asche in den Nerven und im denkenden Gehirn,
eine flackernde Flamme, die nichts je löschen werden wird –

IV Salt

You see it best from the air:
how salt perpetuates itself, turned from the sea
to whiten the *marais salants*, graded and sieved
and laid in ice-white drifts beneath the sun;

the way you see bonfires or house lights
glimmering in the dark, between the lakes
and cities; marshland dotted here and there
with lanterns; eel boats moving in the dams;

nightfishers coming home with another catch,
the gleam of the deck
and the absolute cold of the nets
deduced, not given.

You see it travelling through: a passenger,
guided from point to point by an unknown hand,
an idling web of memory and salt
turning to glance at the earth, as it slides away

and the slow clouds thicken and gather
beneath the plane.
Below, it's different: the air is wired
with birds and weather; old spills

fester in the ditches; sacred
ibis haunt the marshlands in their
thousands, calling softly back and forth
to wake the shadows of forgotten kings.

IV Salz

Man sieht es am besten aus der Luft:
wie das Salz fortbesteht, vom Meer zurückbleibt
und die *marais salants* weiß macht, sortiert und gesiedet,
in eisweißen Wehen unter der Sonne angehäuft;

so wie man auch Lagerfeuer oder die Lichter von Häusern
zwischen Seen und Städten im Dunklen
glimmen sieht; oder verstreute Laternen hier und da
im Marschland; Aalfänger unterwegs in den Dämmen;

Fischcutter, die nachts ihren Fang einfahren,
wobei man den Schimmer des Decks
und die totale Kälte der Netze
mehr ahnt als erkennt.

Man sieht es auf der Durchreise: als Passagier,
von unbekannter Hand von A nach B geflogen,
ein träges Geflecht aus Salz und Gedächtnis,
das seinen Blick zur schwindenden Erde wendet,

während sich die schweren Wolken verdichten
und unter dem Flugzeug sammeln.
Unten geht es anders zu: die Luft ein Netzwerk
von Vögeln und Wetter; alte Abfälle

verfaulen in den Wassergräben; heilige
Ibis besuchen zu Tausenden die Sumpfgebiete,
lassen ihre sanften Rufe hin und her spuken,
um die Schatten vergessener Könige zu erwecken.

Below, on the Place Dinan,
the market is a broken theatre,
tourists go round in circles, looking for gifts
and souvenirs, for little bags of salt

and books of recipes, *galettes* and honeyed *crêpes*
they'll never cook, CDs
of *bagadou*, knitwear and books,
blanched postcards of the salt marsh from the air:

those perfect shapes, those neat, well-managed dams,
those circles of water, dark-blue, like a Celtic
knot, a pattern, conjured from the air
in lines of salt that might be infinite;

V **Peninsula**

or a view of La Côte Sauvage: *le rocher de l'ours,*
the road to Paradise, the Ocearium,
Baie de Cailloux, Plage de Port-Lin,
La Pierre Longue.
Nothing is as it was, even the past
is changing, renewed by a sense
of the past, the *presqu'île* reclaimed
for tradition: *bagad*
and salt marsh, standing stone
and tomb.

The cliff-top houses wait like refugees
from Hopper paintings: boxes filled with light

Unten, auf der Place Dinan,
ist der Markt ein heruntergekommenes Theater,
wo Touristen sich im Kreise drehen und nach Geschenken
und Andenken suchen, nach kleinen Salzbeuteln

und Rezeptbüchern für *galettes* und *crêpes*
mit Honig, die sie nie kochen werden, CDs
von *bagadou*, Strickmoden und Büchern, verblichenen
Postkarten mit Luftaufnahmen von den Salzfeldern:

jene vollkommenen Formen, vorbildlich verwalteten Becken
und kreisförmigen Teiche, dunkelblau, wie keltische
Knoten, ein Muster, aus der Luft heraufbeschwört,
Fäden aus Salz, die ewig währen könnten;

V Halbinsel

oder eine Ansicht der Côte Sauvage: *le rocher de l'ours*,
der Weg zum Paradies, das Ocearium,
Baie de Cailloux, Plage de Port-Lin,
La Pierre Longue.
Nichts ist, wie es einmal war, sogar die Vergangenheit
ändert sich, durch Bewusstsein
für die Vergangenheit erneuert, die *presqu'île*
für die Tradition zurückgewonnen: *bagad*
und Salzwiese, Menhir
und Grabstätte.

Die Häuser auf den Klippen warten wie Flüchtlinge
aus den Bildern von Hopper: Schachteln, erfüllt von Licht

and silence

and the people I imagine
walking from room to room, or gazing out
across their wind-stripped gardens, semi-nude
or sitting upright on a sunlit bed,
are people from another place and time,
women in rose-pink dresses, or yellow slips,
old men with faces like birds,
huddled into their bourbon.

This is tradition now: bookplates and posters;
the recognisable; the universal;
scenes from a film I saw in the first year of college
and barely remember: *Vertigo,*
or something by Tati, a cinematographer's light
on the cypress trees and whitewashed
houses; sand
from brochures; sand
and water, where the lovers disappear
in moonlight

or the dead girl washes up
intact, her beauty
incorruptible.

Nobody meets the messengers face to face;
but sometimes I enter the room
they have just abandoned,
or, crossing the sand, in the quiet of afternoon,
I hear the voice that whispered in my head
a lifetime ago, before the angels turned
to choirboys with wings

und Schweigen,
und die Leute, die in meiner Vorstellung
von Zimmer zu Zimmer gehen oder über ihren
vom Wind gefegten Gärten hinausblicken, halbnackt
oder aufrecht auf einem Bett in der Sonne sitzend, sind Menschen
aus einer anderen Zeit und von einem anderen Ort,
Frauen in rosaroten Kleidern oder gelben Slips,
alte Männer mit Vogelgesichtern,
die über einem Bourbon kauern.

Das ist inzwischen Tradition: Exlibris und Poster;
das Erkennbare; das Universale;
Szenen eines Films, den ich im ersten Collegejahr sah
und fast vergessen hatte: *Vertigo*,
oder etwas von Tati, das Licht eines Kameramanns
auf den Zypressen und weißgetünchten
Häusern; Sand
aus Urlaubsprospekten; Sand
und Wasser, wo die Liebenden im Mondlicht
aufgehen,
oder das tote Mädchen angespült wird,
unversehrt, unverweslich
schön.

Keiner begegnet den Boten von Angesicht zu Angesicht;
doch manchmal betrete ich den Raum,
den sie gerade verlassen haben,
oder in der Mittagsstille vernehme ich beim Überqueren
des Sands die Stimme, die ich vor einer Ewigkeit
in meinem Kopf flüstern gehört hatte, ehe sich die Engel
in Chorknaben mit Flügeln verwandelten,

and I know what it is we are losing, moment by moment,
in how the names perpetuate the myth
of all they have replaced: windmill and dolmen,
meadow and fishermen's wharf:
a country relearned and forgotten, like the dead
who walk among us, waiting for the day
to light them, on their journey from the known
to the newly strange: to chapel and harbour and hearth,
that slow return from memory to birth
and everything in between: the sea, the sky,
the laughter of women; the music of midsummer mornings.

Ny-Hellesund

There's not a shadow of a doubt about it,
the First Cause is just unknowable to us,
and we'd be sorry if it wasn't.
D. H. Lawrence

I Når vi døde vågner

A man hears a boat in the sound
and looks up:
his wife is coming home from Kristiansand,
his wife, or a neighbour, or someone he wasn't expecting,
a friend from the city, a niece from the neighbouring island,
a girl he has never seen, in a borrowed boat,
crossing his line of sight, then disappearing;

a man hears an engine crossing the narrow sound
and the beautiful loneliness ends, as the woods shift behind him:
there was something he wanted to fix, there was something he loved,

und ich weiß, was wir Augenblick für Augenblick verlieren,
während die Namen den Mythos von allem,
was sie ersetzten, fortschreiben: Windmühle und Dolmen,
Wiese und Fischer-Kai:
ein Land, das wir neu lernen und zugleich vergessen, wie die Toten,
die unter uns weilen und darauf warten, dass eines Tages
das Licht auf sie fällt, während sie vom Altbekannten
zum abermals Fremden ziehen: zu Kapelle, Herd und Hafen,
jene langsame Rückkehr von der Erinnerung zur Geburt
und zu allem, was dazwischen liegt: dem Meer, dem Himmel,
dem Lachen von Frauen; der Musik von Sommermorgen.

Ny-Hellesund

Es steht außer Zweifel, dass die Erste Ursache uns
unbekannt bleiben muss; wäre das nicht der Fall,
würden wir es sehr bedauern.
D. H. Lawrence

I Når vi døde vågner

Ein Mann hört ein Boot im Sund
und hebt seinen Kopf:
seine Frau kommt von Kristiansand nach Hause –
seine Frau oder eine Nachbarin oder jemand Unerwartetes,
eine Bekannte aus der Stadt, eine Nichte von der Nachbarinsel,
ein noch nie gesehenes Mädchen in einem geliehenen Boot,
das seine Blickrichtung kreuzt und verschwindet;

ein Mann hört einen Motor die Meerenge überqueren, und die schöne
Einsamkeit ist hin, die Bäume indes geraten in Bewegung:
er wollte doch etwas flicken, etwas hat ihm doch ungeheuer gefallen,

but no matter how long he sits, or how early he wakes,
the gap between darkness and light has already vanished,
sliding away through the woods,
from island to island,

so all that remains in his room at the top of the house
is the scent on his skin, a scent he mistakes for the spirit,
the smoke from last night's fire, the earth, the grass,
and what the body offers of itself
to any journey, any secret thing
that passes in the dark and flits away:
not self, but history; not self, but place.

A man hears a boat in the sound
and it feels like a gift:
maybe he has lived here all his life
and this is why he knows the commune well,
knows its waters, knows its old stone fences,
knows how, on midsummer nights, when the bonfires are burning,
some pledge in the world recurs, some seamless gift,

so everything comes again, in another form,
not the shapes we leave
to the tideless water,
not in the phantoms haunting the summer quays
like long-dead forebears, fixed in glass and silver,
holding the pose of a self, through an already
shifting regard, as something away to the left

catches the eye – a shadow, an animal presence –
and whatever they thought they could not do without

aber egal wie lange er da sitzt, oder wie früh er aufwacht,
ist die Lücke zwischen Licht und Dunkel bereits verschwunden,
sackt zwischen den Bäumen ab,
von Insel zu Insel,

bis alles, was in seinem Zimmer unter dem Dach bleibt,
der Duft an seiner Haut ist, ein Duft, den er mit Seele verwechselt,
dem Rauch des gestrigen Feuers, der Erde, dem Gras,
und mit dem, was ein Körper von sich selbst
jeder Reise gibt, jeder heimlichen Sache,
die im Dunkeln vorbeihuscht:
nicht Ich, sondern Geschichte; nicht Ich, sondern Ort.

Ein Mann hört ein Boot im Sund,
und es ist wie ein Geschenk:
vielleicht hat er sein ganzes Leben hier gelebt,
ist deshalb mit der Gemeinde vertraut,
kennt ihre Gewässer, kennt ihre alten Feldmauern,
und begreift, wenn die Mittsommernachtsfeuer brennen,
wird eine Zusage an die Welt wiederholt, eine makellose Gabe,

und alles kehrt in anderer Form wieder,
nicht als die Gestalten, die wir
dem gezeitenlosen Wasser überlassen,
nicht als die Phantome, die im Sommer die Kais heimsuchen,
wie längst verstorbene Vorfahren im Silberrahmen,
die die Pose eines Ichs aufrechtzuerhalten versuchen,
trotz schon verrutschender Miene, als plötzlich, weit zur Linken,

etwas ablenkt – ein Schatten, die Präsenz eines Tieres –,
und das, worauf sie nicht verzichten zu können glaubten,

is quietly abandoned, while the film
still runs;
                    or like a drunkard, on the long walk home,
who finds himself stooping
into a hedge of bees
to catch an injured bird and toss it skyward:

everything comes again, in another form,
much as a mind that is lost
survives through the panic
and comes out, neither fearless nor intact,
but turning back to see a slant of light
and find instruction there: an injured bird,
a fire burning out on the rocks, that blind

II Continuum

– Mor, gi' mig solen –

A freshening rain;
then the sun and the birds
return;

sung and illumined, the island falls into place,
like the raising of the curtain
in a theatre: light
and voices

and the sense that sometimes comes
of having been gone from the world
while the story continued.

stillschweigend beiseite geschoben wird, während der Film
weiterläuft;
                oder wie ein Betrunkener auf seinem langen Heimweg,
der unüberlegt in eine Hecke voller Bienen hineingreift,
einen verletzten Vogel fängt
und ihn in den Himmel wirft:

alles kommt in anderer Form wieder,
so wie ein verlorener Verstand
seine Panik überlebt
und weder furchtlos noch unversehrt wieder auftaucht,
sondern sich nach einem schrägen Lichtstrahl umblickt,
um Aufschlussreiches zu finden: einen verletzten Vogel,
ein auf den Felsen loderndes Feuer, jenes blinde

II **Kontinuum**

– Mor, gi' mig solen –

Erfrischender Regen;
dann kehren Sonne und Vögel
wieder;

besungen und beleuchtet nimmt die Insel Gestalt an,
wie beim Aufgehen des Vorhangs
in einem Theater: Licht
und Stimmen

und jenes Gefühl manchmal,
sich aus der Welt verabschiedet zu haben,
während die Geschichte weiterlief.

It comes of love and hurt;
it comes of fear:
that sudden, immaculate stutter in the heart

as you turn from the path
and everything fades into brightness
– harbour and storm-cloud; memory; companions –

till only the self remains,
an appointed space
where anything might founder;

and sometimes it comes from joy – not
pleasure, or the notion of a life
re-entered, but the panic sinking in

as something happens, like a shifting gear,
or like that moment in a Fifties film
when everyone turns to look, and the stranger is there,

striking a match,
or brushing the snow
from his collar;

and, really, it's not what you meant
by *being alone*;
no matter how it comes, there's always the chill

as something bleeds out in the mind
and you stand abandoned:
wind in the leaves, the new rain spotting your face,

Es kommt von der Liebe und vom Schmerz;
es kommt von der Angst:
jenes plötzliche, reine Stottern des Herzens,

als du dich vom Weg abwendest
und alles zu Klarheit verblasst
– Hafen und Gewitterwolke; Gedächtnis; Begleiter –

bis nurmehr das Ich übrigbleibt,
ein ausgemachter Raum,
in dem alles scheitern könnte;

und manchmal kommt es von der Freude – nicht
Lust, oder die Vorstellung, wieder ins Leben
zu finden, sondern wie die Panik Wurzeln schlägt,

wenn etwas geschieht, wie das Schalten eines Ganges,
oder der Augenblick aus einem Film der fünfziger Jahre,
bei dem sich alle gleichzeitig umschauen, und der Fremde ist da,

und zündet ein Streichholz an
oder wischt den Schnee
von seinem Kragen;

und tatsächlich ist es nicht das, was du
mit *allein sein* meintest;
egal wie es kommt, gibt es immer dieses Frösteln,

während etwas in deiner Seele ausblutet
und du verlassen dastehst:
der Wind in den Blättern, frische Regentupfer im Gesicht,

the light on the quay
like a presence that never arrives
and never quite decays

to greenery.
Imagine a god who appears
from nothing, jagged

scrapings in the heart, a ragged nail
tracking the glint of the eye,
or the thrill of the marrow,

and ask yourself
how prayer is possible,
if not to something alien and tidal:

the skitter of a leaf across a window,
a maddened skin
unfolding in the dark;

and whether these prayers arise
from fear, or some extended form
of longing, like the sound the seabirds make

at nightfall,
calling out
along the shore;

whether we pray
to a god, or the weight of an absence,
what matters is the way the story runs

das Licht auf dem Kai,
wie eine Präsenz, die weder ankommt
noch ganz zu Laub

zerfällt.
Stelle dir einen Gott vor, der aus dem Nichts
auftaucht, zackige

Späne im Herzen, ein abgebrochener Nagel,
der das Funkeln im Auge
oder den Schauer im Mark verfolgt,

und frage dich,
ob Beten möglich ist,
wenn nicht zu Fremdem, Strömendem:

dem Kratzen eines Blattes gegen das Fenster,
gereizter Haut,
die im Dunkeln blüht;

und ob diese Gebete von der Angst
oder von irgendeiner anhaltenden Sehnsucht
herrühren, wie die Laute

der Seevögel
am Strand
in der Dämmerung;

ob wir zu einem Gott
oder zur Wucht einer Abwesenheit beten,
was zählt, ist wie die Geschichte

forever,
through the fields of transformation:
terror, a measureless step

on the way to concealment;
concealment, a hidden door
to the currents beyond.

III Vargtimmen

In those stories where one life
shuffles towards another:
child into raven, women to wandering swans,

even the boy in the crawl-space becoming the bear
that finds him by chance
in adventures we scarcely believe,

as no one believes,
to being with,
in transformation,

the moment we see
as *decisive,* the point of the telling,
is when the changeling peers back at himself

through mist, or rain,
or the haze of a sunlit highway,

auf ewig
über die Felder der Verwandlung weiterläuft:
Schrecken, ein unermesslicher Schritt

auf dem Weg zur Verborgenheit;
Verborgenheit, eine heimliche Tür
zu dem, was jenseits strömt.

III Vargtimmen

In jenen Geschichten, in denen ein Leben
in ein anderes übergeht,
ein Kind in einen Raben, Frauen in Wanderschwäne,

und sogar der Junge im Kriechkeller, der zum Bären wurde,
der ihn zufällig entdeckte,
alles Abenteuer, an die wir kaum glauben,

wie niemand
zunächst
an Verwandlung glaubt,

ist der Moment, den wir
für *entscheidend* halten, für das Herz der Erzählung,
die Stelle, in der der Wechselbalg durch Nebel oder Regen

oder den Dunst auf einer sonnigen Landstraße
zurückschaut und sich selbst sieht

and understands that what he leaves behind
is neither the life he possessed, nor his
to abandon,

only a story he learned
as the present unfolded,
setting his hand to the tiller and looking behind him,

or fleshing out the rumours of a death
he'd always known about: the sudden fall;
the gas leak in the night; the epidemic;

some loophole in the memory of water;
the boy who crawled into the jaws
of a sheltering bear

and died, while a foot overhead
his mother was stitching a hem
or setting out dinner.

Or say it went like this: he grew up tall
and married; bought a trawler;
raised his children;

say he grew old
and still never turned to the mirror
at nightfall, when the gloaming on the quay

had settled down
to just that shade of blue
where everything that's lost is rendered

und begreift, dass das, was er zurücklässt,
weder das Leben ist, das ihm gehörte, noch das,
was er preisgeben könnte,

sondern eine Geschichte nur, gelernt,
als sich die Gegenwart entfaltete
und er die Hand ans Ruder legte und zurückblickte,

oder Gerüchte um einen Todesfall ausspann,
den er seit jeher kannte: der plötzliche Sturz;
das Gasleck nachts; die Epidemie;

eine Lücke im Gedächtnis des Wassers;
der Junge, der ins Maul
eines schutzsuchenden Bären kroch

und dabei starb, während wenige Zentimeter über ihm
seine Mutter einen Saum nähte
oder den Tisch deckte.

Oder sagen wir, es war so: er wurde groß
und hat geheiratet; kaufte einen Trawler;
zog seine Kinder auf;

sagen wir, er wurde alt,
wandte sich aber immer noch nicht dem Spiegel zu,
als es dunkel wurde und die Dämmerung am Kai

in jenen ruhigen Blauton
übergegangen war,
der alles, was verschollen war,

visible,
the god of silt and shipwrecks smeared across
the clouded glass, as if a hand had reached

to wipe his face away
and make him
otherwise:

what if he lived his life as he'd always expected,
no more, no less,
no spectre at the gate, no hidden beauty,

no suspect bowls, set out and then forgotten,
filled with the subtler blue
of an alien nightfall?

surely the changes wait, and will settle in
at the moment he least expects them:
a grand-daughter's wedding; a stop on the way home from market;

surely the shape he fears will arrive to claim him,
beyond all the stories he knows, and the world he possesses,
unbinding his logic, proposing some ancient

sichtbar macht, etwa den Gott des Schlamms
und der Schiffbrüche übers trübe Spiegelglas verschmiert,
als hätte sich eine Hand ausgestreckt,

um sein Gesicht fortzuwischen
und ihn anders
zu machen:

oder was, wenn er ganz nach seinen Erwartungen lebte,
nicht mehr, nicht weniger:
kein Gespenst am Tor, keine heimliche Schönheit,

keine verdächtigen Schüsseln, einmal gedeckt und dann vergessen,
voll mit dem feineren Blau
einer fremden Abenddämmerung?

solche Wandlungen warten doch auf die Gelegenheit,
den Moment, in dem er sie am wenigsten erwartet:
die Hochzeit einer Enkelin; das Halten auf dem Heimweg vom Markt;

die Gestalt, die er fürchtet, wird wohl kommen, ihn zu holen,
sie wird alle Geschichten, alle Welt übersteigen, die sein Leben kennt,
seine Logik auflösen, ihm anbieten: eine uralte Form der

IV Un Terrore di Ubriaco

after Montale

joy –
which is neither happiness, nor triumph,
and cannot come from anything
but passing through the white of dissolution;

perhaps, on a day like this, the morning air
like cut-glass, I will turn around to see
the miracle:

the nothing at my shoulder, utter void
caught in the sudden twist
of a drunkard's terror;

perhaps, like the beginning of a film,
the world will come again; houses and trees
and nuzzling hills, returning one by one
for the grand illusion;

though by then it will be too late
as I hurry on,
among those who have never looked back,
with my given secret;

or shot rhubarb clogging the ditch,
harbouring blackness, shaping the pull of the water;
goldfinches tracking the verge as a car runs on
and, almost asleep at the wheel, the driver
slides into beauty:

IV Un Terrore di Ubriaco

nach Montale

Freude –
die weder Glück noch Triumph ist
und nur davon rühren kann,
dass man durch das Weiß der Auflösung geht;

an einem solchen Morgen vielleicht, in einer Luft
wie geschliffenes Glas, werde ich mich umdrehen
und das Wunder erblicken:

an meiner Schulter das Nichts, blanke Leere,
ertappt von der plötzlichen Drehung
eines Besoffenen Entsetzen;

wie am Anfang eines Films vielleicht
wird die Welt wiederkommen: Häuser und Bäume
und sich hätschelnde Berge kehren nach und nach
für die große Illusion zurück;

doch bis dann wird es zu spät sein,
derweil ich mit meinem Geheimnis
weitereilen werde, unter denen,
die sich niemals umdrehen;

oder von wucherndem Rhabarber, der den Graben verstopft
und Schwarzes birgt, den Sog des Wassers formt;
von Stieglitzen, die auf dem Grünstreifen Futter suchen,
während ein Auto weiterfährt und der Fahrer, am Steuerrad
fast eingeschlafen, in Schönheit versinkt:

seed drift and dipping flight, and the shift of the charm
as it gathers and turns, then, all of a sudden,
is gone, while he wakes to the cats' eyes
calibrated
judder;
            wakes,

though not to what he knows:
the daylight altered, nothing at the windscreen,
lit trees lining the road
at the edge of the storm.

Sometimes the only tool we have
is panic,
not what was wanted, perhaps, but something to work with,
a shape at the edge of vision, a spill in the gut,
a colour we cannot name, though it seems familiar

I'll sing you five, O
Green grow the rushes, O
What are your five, O?
Five for the symbols at your door,
Four for the Gospel makers,
Three, three, the rivals,
Two, two, the lily-white boys,
Dressed up all in green, O
One is one and all alone
And evermore shall be so

and there it is once more, the freshening rain,
better than all he has lost, and beyond his keeping:

im Wind treibende Samen, Tiefflug, Wandel eines Zaubers,
der sich sammelt und dreht und auf einmal
weg ist, als er vom geeichten Rhythmus
ihn schüttelnder Katzenaugen
geweckt wird;
                    geweckt,

doch nicht in der Welt, die er kennt:
das veränderte Tageslicht, nichts an der Windschutzscheibe,
beleuchtete Bäume
am Rand des Gewitters.

Manchmal ist Panik unser einziges
Werkzeug, nicht
das Erwünschte vielleicht, aber etwas, womit es sich arbeiten lässt,
eine Gestalt am Rand des Blickes, ein Kribbeln im Bauch,
eine nicht benennbare Farbe, auch wenn sie uns vertraut scheint

Fünf will ich singen,
Grün, grüner Haselstrauch,
Was ist mit den Fünfen?
Fünf für die Zeichen an deiner Tür,
Vier Evangelisten,
Drei, die drei Rivalen,
Zwei Lausbuben lilienweiß,
Die sich Grün bekleiden,
Eins ist eins und war schon eins
Und wird es immer bleiben.

und da ist er wieder, der erfrischende Regen,
besser als alles, was er verloren hat, und er kann ihn nicht behalten:

V Guising

In the dreams I remember
of childhood,

we cross to the far side of town
to begin among strangers,

shy of asking favours from the folk
we know, and thinking these others

rich, for their pot-pourri
and antimacassars,

though what I like best is going, as someone else,
in the flow of the wind,

to stand, in my pirate shirt, at a foreign door
and catch the scent of someone else's house,

coffee and gelatine, rose petals, sickness, books,
the trace of powder on a printed shawl

left draped across a chair, that lampshade smell
of winter evenings, everything they took

for granted: glacé
cherries, candlewax,

the slow fade of themselves
grown old, or too long paired

V Samhain

In den Kindheitsträumen, an die ich
mich erinnere,

überqueren wir die Stadt
und fangen bei fremden Leuten an,

zu schüchtern, um unsre Nachbarn
um Leckereien zu bitten, halten wir

doch diese anderen wegen ihrer Potpourris
und Sofaschoner für wohlhabend,

mir aber gefällt es am meisten, mit dem Wind im Rücken
als jemand anderes dorthin zu laufen,

im Piratenhemd vor einer fremden Tür zu stehen
und die Düfte eines unbekannten Hauses zu riechen,

Kaffee und Gelatine, Rosenblütenblätter, Krankheit, Bücher,
Puderspuren auf einem Schultertuch,

das über einem Sessel hängt, den Geruch von Lampenschirmen
an Winterabenden, all die Dinge, die sie für selbstverständlich

hielten: kandierte
Kirschen, Bienenwachs,

wie sie beim Altern
langsam verblühten, oder zu lange mit der Jugendliebe

with childhood sweethearts: disappointments shared
so quietly, they came, each Halloween,

to seem a little more
like blessings, when they lingered at the door

to bear us witness:
damp eyes peering out

to find us in the dark, like long-lost friends
– a pirate child, a chimney sweep, a king –

come from the first chill of winter
and dusted with nothing.

VI Going Back

The corn is full of skylarks;
the last of the daylight
simmers above the wood
where chiffchaff and warblers
parley from shade to shade,
becoming the air
in a song that exists for nothing.

Everything maps its world
and what world there is
is the current sum
of all our navigation:

gepaart waren: Enttäuschungen, die so stillschweigend
geteilt wurden, bei jedem neuen Halloween kamen sie uns

ein bisschen mehr wie ein Segen vor,
als sie an der Haustür verweilten,

um uns zu bezeugen:
feuchte, spähende Augen,

um uns wie lang vermisste Freunde im Dunkeln zu entdecken,
– Piratenkind, Schornsteinfeger, König –

aus der ersten Winterkälte des Jahres gekommen,
mit dem Nichts bestäubt.

VI **Rückkehr**

Der Mais ist voll von Lerchen;
das letzte Licht des Tages
flimmert überm Wald,
in dem Zilpzalp und Grasmücken
von Schatten zu Schatten schwatzen
und als grundloser Gesang
zu Luft werden.

Alles kartiert die eigene Welt,
und die Welt, die es gibt,
ist die heutige Summe
all unserer Navigation:

networks of panic and longing,
road maps in gorse,
the river at twilight
vanishing into the sway
of cattle and bees;

and nothing is ever as true as the darkness of home:
the porch-lights we know by name, the pea-fields and crossroads;
dear-run and spawn-pool, birdwalk and dead man's curve,
the wide night running away
to campsites and dairies,
or junior hockey teams, in red and blue,
rehearsing the perfect game
in a circle of rainfall.
This is a map of forever, all pitfalls and tremors,
a glister of stars in the distance, a body of fire,
eels on a towpath, charting the grass between rivers,
the thinning beauty of the long way home
and, somewhere in the dream beyond this dream,
the house behind the houses I remember,
frog-house, star-house, house of silk and tuber,
the tribes of visitants who come and go,
touched with the green of the woods, or the green of water:
shapes I have seen in glimpses, through panic and joy:
palms and glances sliding through the headlamps,
stickle-bones, whiter than chalk, in the faultlines of weather

and somewhere in the dream behind this dream
an acre or so of pine and sycamore;
where people go out in the gloaming,
for no good reason,

Netzwerke von Panik und Sehnsucht,
Fahrpläne aus Ginster,
der Fluss im Dämmerlicht,
der ins sanfte Wiegen
von Kühen und Bienen schwindet;

und nichts ist wahrer als das Dunkel von Zuhause:
Verandalampen, denen wir Namen gaben, Erbsenfelder, Kreuzungen;
Rehweg und Laichstelle, Vogelwanderung und Todeskurve,
wie sich die weite Nacht
auf Lagerfeuer und Molkereien reduziert,
oder Hockey-Juniorenteams in Rot und Blau
das perfekte Spiel
in einem Kreis von Regen proben.
Das ist eine Karte der Ewigkeit, alles Beben und Fallen:
ein Körper aus Feuer, ein Funkeln der Sterne in der Ferne,
Aale auf einem Treidelpfad, die das Gras zwischen Flüssen aufzeichnen,
die verblassende Schönheit des langen Heimwegs
und, irgendwo im Traum jenseits von diesem Traum,
das Haus hinter den Häusern, an die ich mich erinnere,
Froschhaus, Sternhaus, Haus aus Seide und Knolle,
die Scharen der Besucher, die hier kommen und gehen,
mit ihrem Hauch von Waldgrün oder Wassergrün:
Gestalten, die ich durch Panik oder Freude hindurch erblickte:
Handflächen und Blicke, die ein Scheinwerfer streifte,
Stachelgräten, weißer als Kalk, in den Nähten des Wetters

und irgendwo im Traum hinter diesem Traum
ungefähr ein Morgen Pinien und Ahorn,
wo in der Abenddämmerung Menschen
aus keinem guten Grund hinausgehen

trading secrets, trading hurt and longing,
or, solitary, raking out a stash
of dirty pictures: dreams of flesh and steel
and headstrong women, waiting to be mastered

but home is where everything happens: panic and joy,
the meeting with the god, that stink of goat;
hairless angels stepping from the rain;
here, in a strip of woodland, driving north,
through everything I've seen and heard before

though nothing I see is ever seen enough,
nothing is heard for certain, even the rain
as it falls through the glamour
of streetlamps and dormer windows
a mile from my destination: everything seen
and heard, everything known
resembles the self, or rather, that sense of a self
that might have been, at one remove from here,
perfect, like the rumoured fall of snow
that no one ever witnessed, though they say
it happened, just a block or two away,
and sensible people, people much like ourselves,
abandoned what they were doing and ran outside
in their shirt sleeves, drawn by instinct to the place
where bodies formed, great waves of sound and light
becoming fingers, eyelids, shoulders, hair.

und Geheimnisse, Verletzungen, Sehnsucht austauschen,
oder eine Sammlung dreckiger Bilder einsam durchstöbern:
Träume von Fleisch, Stahl und eigenwilligen Frauen,
die darauf warten, gezähmt zu werden

doch Zuhause ist der Ort, wo alles geschieht: Panik und Freude,
die Begegnung mit dem Gott, der Gestank des Ziegenbocks;
haarlose Engel, die aus dem Regen treten;
hier, in einem Waldstreifen auf der Fahrt nach Norden,
durch alles, was ich schon einmal gesehen und gehört habe

obwohl nichts, das ich sehe, wird je zur Genüge gesehen,
nichts mit Gewissheit gehört, nicht einmal der Regen,
wenn er, eine Meile von meinem Ziel
entfernt, durch den Zauber von Straßenlaternen
und Mansardenfenstern fällt: alles Gesehene
und Gehörte, alles, was man kennt,
ähnelt dem Selbst, oder vielmehr jener Vorstellung eines Selbstes,
das anderswo, unweit von hier, hätte vollkommen
sein können, wie jener Schneefall, den angeblich
keiner gesehen hat, obgleich gemunkelt wird,
dass er nur ein paar Häuserblocks von hier geschah,
und vernünftige Leute, Menschen wie du und ich,
ihre Tätigkeit stehenließen und in Hemdsärmeln
nach draußen liefen, von jenem Ort instinktiv angezogen,
wo Körper gebildet wurden, wo riesige Wellen von Klang und Licht
zu Fingern wurden, Augenlidern, Schultern, Haar.

Koi

The trick is to create a world
from nothing

– not the sound a blackbird makes
in drifted leaves

not dogwood
or the unexpected scent
of jasmine by the west gate

not the clouds
reflected in these puddles all around
the bowling green
deserted after rain
and darker than an early polaroid –

but nothing
which is present in the flesh
as ripeness is: a lifelong urgency.

The trick is in the making
not the made

beginning where an idle mind spools out
to borderline and limit
half a mile
of shadow in the pine woods
or a rim

Koi

Die Kunst besteht darin, eine Welt
aus dem Nichts zu schaffen

– nicht etwa aus dem Geräusch einer Amsel
im zugewehten Laub

nicht aus dem Hornstrauch
dem unerwarteten Jasminduft
am Westtor

oder aus den Wolken
die sich in den Pfützen
am Bowling-Rasen widerspiegeln
der nach dem Regen
verlassen wirkt und schummriger als ein altes Polaroidbild –

sondern aus dem Nichts
das im Körper nicht weniger vorhanden ist
als die Reife: lebenslang dringlich.

Die Kunst liegt im Schaffen
nicht im Geschaffenen

angefangen, wo man in aller Muße die Gedanken bis zur Grenze
und zum Äußersten abrollen lässt:
jene halbe Meile
von Schatten im Pinienwald
oder der Rand

of wetland – rush and willow
gathered close
like mourners in the dark –

a sudden
ambiguity of liverwort or birch
suggesting no man's land
or journey's end.

As everything is given
and conceived
imagined real
a stone's throw in the mind

it's not the thing itself
but where it stands

– the shadows fanned
or dripping from a leaf
the gap between each named form and the next

where frogs and dragonflies arrive
from nowhere
and the kingdom is at hand
in every shift of colour and degree

bullfinch and squirrel
hawk-moth
and antirrhinum.

All afternoon we've wandered from the pool
to alpine beds and roses

eines Feuchtgebiets – Schilf und Weide
wie Trauernde
                    im Dunkeln eng verbunden –

                                                    und
plötzlich diese Doppeldeutigkeit von Lebermoos oder Birke
die auf ein Niemandsland hindeutet
                                        oder aufs Ende der Reise.

Weil alles gegeben ist
                    und erdacht
durch unsre Vorstellung real
                                ein Katzensprung im Kopf

ist nicht die Sache wichtig
                                sondern wo sie steht

– aufgefächerte Schatten
                                oder wie von einem Blatt tröpfelnd
die Lücke zwischen jeder benannten Form und der nächsten

wo Frösche und Libellen
wie aus dem Nichts auftauchen
                                    und das Himmelreich
in jeder Verschiebung von Farbe oder Abstufung nahe ist

Dompfaff oder Eichhörnchen
                                    Schwärmer
oder Löwenmaul.

Den ganzen Nachmittag wandern wir zwischen dem Teich
und alpinen Beeten und Rosen

and the freshly-painted
palm house

all afternoon
we've come back to this shoal
of living fish.

Crimson and black
pearl-white
or touched with gold
the koi hang in a realm of their invention

with nothing that feels like home
– a concrete pool
and unfamiliar plants spotted with light
birdsong and traffic
pollen and motes of dust

and every time the veil above their heads
shivers into noise
they dart
and scatter

though it seems more ritual now
than lifelike fear
as if they understood
in principle
but couldn't wholly grasp

the vividness of loss

sowie dem frisch gestrichenen
Palmenhaus

den ganzen Nachmittag lang
kehren wir zu diesem Schwarm
lebendiger Fische zurück.

Karmesinrot und Schwarz
Perlmuttweiß
mit einem Hauch von Gold
hängen die Koi in einem Reich nach eigener Erfindung

wobei nichts wie eine Heimat anmutet
– eine Betonwanne
und fremde, mit Lichtflecken besprenkelte Pflanzen
Vogelgesang und Straßenverkehr
Pollen und Staubpartikel

und zittert der wässrige Schleier über ihren Köpfen
vor Lärm
schießen sie davon
und stieben auseinander

doch scheint es mehr Ritual zu sein
als lebensechte Furcht
als ob sie ihre Lage
zwar prinzipiell verstünden
die Schärfe des Verlusts

jedoch ihnen entginge

and every time we gaze into this pool
of bodies
                    we will ask

how much they know of us
                                                          and whether this
is all illusion

                          like the play of light
across a surface gilded with a drift
of pollen

                    or the sound a blackbird makes
as it withdraws
                                one moment at a time

remembering its myth of origin.

und immer, wenn wir in diesen Teich
voller Körper blicken
werden wir uns fragen

wie viel sie von uns wissen
und ob das alles
nur Schein ist

wie das Lichtspiel
auf einer von wehendem Blütenstaub
vergoldeten Oberfläche

oder wie die Laute, die eine Amsel
von sich gibt
wenn sie sich nach und nach zurückzieht

eingedenk des Mythos ihres Ursprungs.

The Hunt in the Forest

How children think of death is how the shadows
gather between the trees: a hiding place
for everything the grown-ups cannot name.
Nevertheless, they hurry to keep their appointment
far in the woods, at the meeting of parallel lines,
where everything is altered by its own
momentum – altered, though we say transformed –
greyhound to roebuck, laughter to skin and bone;

and no one survives the hunt: though the men return
in threes and fours, their faces blank with cold,
they never quite arrive at what they seem,
leaving a turn of phrase or a song from childhood
deep in the forest, bent to the juddering kill
and waiting, while their knives slip through the blood
like butter, or silk, until the heart is still.

Die Jagd im Wald

So wie Schatten sich zwischen den Bäumen sammeln,
stellen sich Kinder den Tod vor: als Versteck
für alles, wofür die Erwachsenen keinen Namen haben.
Diese eilen dennoch zum ausgemachten Treffpunkt
fern im Wald, wo Parallelen zusammenlaufen
und sich alles aufgrund der eigenen Schwungkraft
ändert – ändert, doch wir sagen auch verwandelt dazu –
Windhund in Rehbock, Lachen in Haut und Knochen;

und keiner überlebt die Jagd: zwar kommen die Männer
zu dritt oder viert mit kältestarren Gesichtern zurück,
sie erreichen aber nie ganz das, was ihr Schein verspricht:
etwas, ob Redensart oder Kinderlied, lassen sie tief
im Wald zurück, noch über dem zuckenden Tier
gebeugt, abwartend, während das Messer durchs Blut
wie durch Butter oder Seide gleitet, bis das Herz ruht.

Hyena

Like something out
of Breughel, maned in white
and hungry
like the dark, the bat
ears pricked, the face
a grey

velour, more cat
than dog, less
caracal
than fanalouc
or civet –

here is the patron beast
of all
who love the night:
waking at dusk
to anatomy's
blunt hosanna,

the carrion daylight
broken
then picked to the bone
while the radio dance-band fades
to a slow
alleluia,

and far at the back
of the mind, the perpetual

Hyäne

Als wäre sie einem Bild von Breughel
entsprungen, mit weißer Mähne
und hungrig
wie die Dunkelheit, Fledermausohren
gespitzt, das Gesicht
ein graues

Velours, mehr Katze
als Hund, weniger
Karakal
als Fanaloka
oder Zibetkatze –

hier ist das Wappentier
aller,
die die Nacht lieben:
in der Abenddämmerung
vom dumpfen Hosianna-Ruf
ihres Körpers geweckt,

zerreißt sie
das Aas des Tagelichts
und nagt es bis auf die Knochen,
während die Radio-Tanzkapelle
in einem langsamen Halleluja
verklingt

und weit hinten im Kopf
der Rausch

frenzy: eye-teeth
and muzzle
coated with blood
with matter,

as every mouth
digs in,
for fair, or foul,
a giggle in the bushes,
then a shudder.

kein Ende nimmt: Fangzähne
und Schnauze
verklebt von Blut
und Fleischresten,

jedes Maul
holt sich, was es kann,
ob Gutes oder Faules,
ein Kichern im Gebüsch,
danach ein Schaudern.

Poppy Day

The butcher arrives with a love song
he learned from his father.

Out on the kill floor, veiled in a butterslick
circumflex of marrowfat and bone,
he rinses off the knife and goes to work,
his voice so sweet, the children come to hear

the beauty of it, slipped between a vein
and what the veal calf thought would last
forever.
          Barely a shudder rises through the hand
that holds the blade
                              and yet he guides it down
so gently, it falls open, like a flower.

And still the children come, to hear him sing,
his voice so soft, it's no more than a whisper.

Gedenktag mit Mohnblume

Der Fleischer kommt, auf den Lippen ein Liebeslied,
das er vom Vater gelernt hat.

Drinnen im Schlachtgang, von einer schmierigen
Wölbung aus Mark und Knochen verhüllt,
spült er sein Messer ab und geht mit solch
lieblicher Stimme ans Werk, dass Kinder

seiner Schönheit lauschen wollen, eingeschlichen
zwischen Vene und etwas, was das Kalb für
ewig hielt.
                An der Hand mit der Klinge sieht man
kaum eine Zuckung,
                        er führt sie aber so sachte
nach unten, es ist wie eine Blume, die aufgeht.

Doch die Kinder kommen, um ihn singen zu hören,
diese Stimme so sanft wie ein Flüstern.

Rich

He could carry a swarm of bees to the edge of a meadow
and set it down,

or sit in the parlour till dark with his grandfather's bible,
reading Galatians or Acts while the lights of the village

quickened then faded without him, the church halls
    and taprooms
filling with music and barter, the shops closing up

on dry goods, white goods,
liquorice in jars.

On nights when he didn't sleep, he lay awake
in happiness:

a dream he had built from the pallor of 50s snapshots,
faces like cornfields or acres of matinee snow,

the last days of summer or childhood reduced over years
to biscuit ware and alstroemeria,

the same birthdays over and over, the same premonitions,
abandoned bowls of lemonade and rain,

and every day his life would start anew,
simple and incomplete, like those old-fashioned songs

Rich

Er konnte einen Bienenschwarm bis zum Rand einer Wiese tragen
und dort absetzen,

oder er saß und las im Galaterbrief oder in der Apostelgeschichte in der Bibel
seines Großvaters, während es dunkel wurde und die Dorflichter

zum Leben erwachten und ohne ihn schwanden und Gemeindesäle und
Schankstuben
sich mit Musik und Tauschgeschäften füllten und hinter abgeschlossen
Ladentüren

Weißware und Kurzwaren zurückblieben,
Gläser mit Lakritz.

In manchen Nächten, als er nicht einschlafen konnte, lag er im Bett
und empfand Glück:

ein Traum, den er sich aus verblichenen 50er-Jahre-Fotos geschmiedet hatte,
aus Gesichtern wie Korn- oder Schneefeldern in irgendeiner
Frühvorstellung,

in dem die letzten Sommer- oder Kindheitstage sich über die Jahre
auf Schrühware und Inka-Lilien reduziert hatten,

und immer wieder dieselben Geburtstage, dieselben Vorahnungen,
die verwaisten Becher mit Limonade und Regenwasser,

und jeden Tag würde sein Leben von neuem anfangen,
schlicht und unvollständig wie jene altmodischen Songs,

that came on the wireless at teatime, his mother and sister
singing along as the back door opened and closed

on flaked corn and apples, on pine-tar and blackstrap molasses
and field after field of names, to the ends of the earth.

die beim Abendbrot im Radio kamen, während seine Mutter und Schwester mitsangen und die Hoftür auf- und zuging, hinter der sich

Maisflocken und Äpfel verbargen, Kiefernholzteer und schwarze Molasse und ein Feld nach dem anderen voll mit Namen bis ans Ende der Welt.

Late Show

I only watch reruns now,
or films about geese,

and yet I'm waiting for the miracle
I used to find in early black and white

where everyone looks like us and ends up
happy, in a place they're learning

never to take
for granted.

In Northern Canada,
it's summer now

and birds that look like friends I had in school
are dancing in a field of moss and thaw

and, as I watch, the darkness gathers round me
slowly, warmth and quiet in its gift

for as long as the birds
take flight, or Lucille Ball

lights up the screen
like someone who's been there forever.

Spätvorstellung

Ich schaue mir nur noch die Wiederholungen an,
oder Filme über Gänse,

und doch sehne ich mich nach dem Wunder,
das ich aus alten Schwarzweißstreifen kenne,

wo alle wie du oder ich aussehen und am Ende
das Glück finden, an einem Ort, den sie lernen

niemals für selbstverständlich
zu halten.

Im Norden Kanadas
ist es schon Sommer,

und Vögel, die wie meine einstigen Schulkameraden aussehen,
tanzen auf einem Feld von Moos und schmelzendem Schnee,

und langsam, während ich zuschaue, zieht sich die Dunkelheit
um mich zusammen und schenkt mir ihre Wärme und Stille,

solange wie die Vögel
davonziehen, oder Lucile Ball

den Bildschirm erhellt,
wie eine, die immer schon da war.

From the Chinese

Turn of the year
and a white Christmas turning to slush
on my neighbour's fields,

crows on the high road,
the yard streaked with coal dust
and gritting,

geraniums turning to mush
in the bubs and baskets.

I walk to the end of the road
to ease my sciatica:
ditch water, gorse bones; how did I get so cold

so quickly?

Thaw in the hedge
and the old gods return to the land
as buzzard and pink-footed goose and that

daylong, perpetual scrape
of winter forage;

but this is the time of year
when nothing to see
gives way to the hare in flight, the enormous

Aus dem Chinesischen

Jahreswende,
und das weihnachtliche Weiß verwandelt sich in Matsch
auf den Feldern meines Nachbarn,

Krähen an der Straße oben,
der Hof schlierig von Kohlestaub
und Streugut,

Geranien, die in Kübeln und Körben
zur Pampe werden.

Um meinen Ischias-Schmerz zu lindern,
laufe ich bis zum Ende der Straße:
Grabenwasser, knorriger Ginster; warum wird mir so schnell

kalt?

Es taut an der Hecke,
und die alten Götter kehren ins Land zurück
als Bussard und Kurzschnabelgans und dieses

tagelang andauerndes Scharren
nach Winterfutter;

aber das ist die Jahreszeit,
in der Nichts-zu-Sehen
ein fliehender Hase wird, seine großartige

beauty of it stark against the mud
and thawglass on the track, before
it darts away, across the open fields

and leaves me dumbstruck, ready to be persuaded.

schlichte Schönheit vor Schlamm
und Eisscheiben auf dem Pfad, bis er auf einmal
über die großen Felder wegflitzt

und mich sprachlos zurücklässt, ja, offen für Neues.

Old Man Swimming

When I was twenty years old, on days that were
darker and brighter than now,
I got up at six and swam fifty lengths every morning,

steady and even, though not as precise, or as sure
as the one other swimmer I passed, flowing back and forth,
in the lit pool on Parker's Piece:

an old man, I thought at the time,
with a gold to his skin
that is only acquired over decades, his slicked hair

silver, his bachelor's eyes
halfway from grey to blue, when we met
in the changing rooms, silent and male,

but never so much that it bothered him not to conceal
a fleeting, and half-amused gleam
of fellow feeling.

He was my model for years,
with his gorgeous stroke
and his lack of determination,

something that looked like happiness
pushing him on
for mile after mile of easy, unnumbered laps

Alter beim Schwimmen

Mit zwanzig, als die Tage
heller und dunkler waren als heute, stand ich
immer um sechs Uhr auf und schwamm fünfzig Längen,

zwar beharrlich und gleichmäßig, aber nicht so bestimmt oder gekonnt
wie der einzige andere, den ich beim Hin- und Herschwimmen
  überholte, im lichtdurchfluteten Freibad im Parker's Piece:

ein alter Mann, so dachte ich damals,
dessen Haut jenen Goldton hatte,
der nur über Jahrzehnte entsteht, mit silbernen, nach hinten

geglätteten Haaren und Junggesellenaugen, die nicht mehr grau
und noch nicht blau waren, der sich, als wir uns im Umkleideraum
begegnet sind, stumm und männlich gerierte,

doch auch nicht so, dass es ihn störte, einen flüchtigen
und fast belustigten Schimmer komplizenhafter Verbundenheit
nicht unterdrücken zu wollen.

Mit seinem herrlichen Schwimmstil
und seiner Lässigkeit
und mit etwas, das wie Glück aussah,

das ihn dazu antrieb,
mühelos die unzähligen Bahnen zu ziehen,
blieb er jahrelang mein Vorbild:

and I wanted to be like that,
but I never got past
the effort, the mental arithmetic, the thoughts

of later, or somewhere else
– though, at the time,
I put it down to age, experience,

an old man's gift for knowing how much he could do,
and it's taken till now to see that he wasn't so old,
just graceful, and lit with the years

he had carried so far:
the same age as I am today, more or less,
as I pass the municipal baths in another town

and glance across the blue-grey of the park
to where the better self I meant to be
glides quietly, length by length, to his own abstention.

so wollte ich sein,
schaffte es jedoch nie
aus der Anstrengung, dem Kopfrechnen, den Gedanken

an ein Später oder ein Anderswo herauszukommen,
– obwohl ich das damals
auf Alter und Erfahrung zurückführte,

auf die Begabung eines alten Mannes, die eigenen Fähigkeiten zu erkennen,
und erst heute verstehe ich, dass er so alt gar nicht war,
sondern nur voller Anmut, von den Jahren

erleuchtet, die er bisher bewältigt hatte:
so alt eben, wie ich es heute bin, mehr oder weniger,
der ich am Freibad einer anderen Stadt vorbeilaufe

und über eine blaugraue Parklandschaft hinweg schaue,
dorthin, wo das bessere Selbst, das ich einmal sein wollte,
ruhig und enthaltsam gleitend seine Bahnen zieht.

Instructions for a Sky Burial

Three miles west of Sue and Gerry's house
I found what remained of a young
coyote; how long dead, I couldn't say,
though all the soft tissue was gone, the eye-sockets
hollow, the viscera
scraped from the crib of the bone, leaving only the glare
of spine and a tatter of hide,
bald at the forelegs and black where the mouth had become
a rueful ventriloquist's grin.
It's hard to walk away from such a find;
there is something about a dead thing out in the open
that draws us in, a kind of gravity
both intimate and fateful, and I went back several times
to stand there, in the queasy sway of it,
flesh of its flesh, so it seemed, yet powerless
to wish it back to life
                                        – though that was what I wanted: like a child,
I wanted to make it well, to resurrect
the light in its face, the attention, the changing colours.
I remember I used to come home through the ash
and graphite of the woods on Fitty Road,
the shadows mauve and grey between the trees
and subtle, always shifting, so it seemed
a presence in the land was out to play.
On days when I timed it right, I walked back
in the blue hour, when the stands
of thistle in full seed were incandescent
– no other word for it, everything lit with a pale,
cold flame.

Anweisungen für eine Himmelsbestattung

Drei Meilen westlich des Hauses von Sue und Gerry
entdeckte ich die Überreste eines jungen
Kojoten; wann er gestorben war, konnte ich nicht sagen,
das weiche Gewebe fehlte, die Augenhöhlen
waren leer, die Eingeweide von der Wiege
des Knochengerüsts abgeschabt, es blieben nur das Helle
der Wirbelsäule und ein paar Fetzen Fell,
kahler an den Vorderbeinen, schwarz, wo das Maul
ans traurige Grinsen eines Bauchredners erinnerte.
Es ist schwer, einem solchen Fund den Rücken zu kehren;
ein verendetes Wesen unter freiem Himmel hat etwas,
das uns hineinzieht, eine Art von Schwerkraft, intim
und unausweichlich zugleich, jedenfalls kehrte ich mehrmals
dorthin zurück, setzte mich taumelnd seinem Sog aus,
Fleisch seines Fleisches, wie mir schien, doch unfähig
ihn zum Leben zu erwecken
                                        – aber genau das wollte ich: wie ein Kind
wollte ich ihn wieder gesund machen, das Licht in seinem Gesicht
wiederherstellen, die Aufmerksamkeit, die changierenden Farben.
Ich erinnere mich, wie ich oft durchs Graphit- und Aschgrau
des Waldes am Fitty Road nach Hause lief,
und wie die Schatten, graue oder malvenfarbene, sich ständig
und fast unmerklich zwischen den Bäumen bewegten, als sei dort
irgendetwas unterwegs, das mit mir spielen wollte.
Erwischte ich an manchen Tagen den richtigen Zeitpunkt, so lief
ich in der blauen Stunde zurück, als die Disteln
in ihrer Samenpracht weißglühend leuchteten
– dafür gibt es kein anderes Wort, es loderte alles mit einer blassen,
kalten Flamme.

I found a sheep there once, a slur
of lanolin and rot, the fleece
yellowed and bare in patches, one eye
more or less intact, a pool
of verdigris I didn't dare to touch,
though, up till then, I'd thought I was afraid
of nothing.
It shamed me for days, remembering how I'd lost
my nerve and run away,
guilty of something – though *what* I couldn't tell –
alone in the dark and suddenly wanting my mother.
They say the dead still listen for a time
before they leave for good, the spirit
sifting away in the wind, or salting the grass
for the life of the world to come.
Maybe it's this that decides
the new beginning, someone
coming across a field
at evening, birdsong
high in the trees, or the first dark spots
of rain in a stand of nettles: everything
shapes what it encounters, glancing touch
or intricate refusal, requiem,
or silence.
So when that day arrives
when I shall die,
carry me out of the house, unwashed and naked,
and leave me in the open, where the crows
can find me,
dogs, if there are dogs – there will be rats,

Einmal fand ich dort ein Schaf: Schlamm
aus Lanolin und Fäulnis, das Vlies
vergilbt und an manchen Stellen kahl, ein Auge
mehr oder weniger intakt, eine grünlich-
säuerliche Lache, die ich nicht zu berühren wagte,
obgleich ich bis dahin geglaubt hatte,
mich vor nichts zu fürchten.
Tagelang beschämte mich die Erinnerung, wie ich
den Mut verloren hatte und weggerannt war, wie ich mich schuldig
gefühlt hatte – ohne zu wissen *weswegen* – und wie auf einmal,
in der Dunkelheit allein, mir meine Mutter fehlte.
Man sagt, die Toten lauschen eine Zeitlang weiter,
ehe sie endgültig gehen, erst nach und nach löse
der Geist sich in den Wind auf oder, kommendem
Leben zum Wohl, streue sein Salz ins Gras.
Das ist es vielleicht, was den neuen Anfang
bestimmt, gegen Abend läuft jemand
übers Feld, es gibt Vogelgesang
in den Baumkronen und die ersten, dunklen Regenflecken
an den Nesselblättern: Alles wird durch das geformt,
womit es in Berührung kommt, ob durch bloßes Streifen
oder komplizierte Zurückweisung, Requiem
oder Schweigen.
Wenn also der Tag kommt,
an dem ich sterbe,
tragt mich aus dem Haus, ungewaschen, nackt,
und lasst mich unter freiem Himmel liegen, wo mich die Krähen
finden werden,
und die Hunde, wenn es welche gibt – Ratten wird es wohl geben,

but let them eat their fill, so what they leave
can blend into the soil
more easily.
Some moisture will be lost
to heat and wind
but something more will live again
as fodder: meadow-grass
and daisies, rue
and hawthorn, all the living knots
of larvae in the scattering of flesh
and bone, birds gathering the hair
to line their nests, the last ants
busy about the mouth while something
inexact and perfect forms itself
around the last faint wisp
of vein, or tendon: something a like a song,
but taking shape, implacably itself,
new breath and vision, gathered from the quiet.

doch lasst sie fressen, was sie brauchen, damit das,
was sie übrig lassen, leichter
ins Erdreich übergeht.
Zwar geht ein wenig Feuchtigkeit
an Wärme und Wind verloren,
doch einiges mehr wird als Futter
abermals aufleben: Rispengras
und Gänseblümchen, Weinraute
und Weißdorn, alle Larvenknoten
auf verstreuten Fleisch- und Knochenresten,
und die Haare werden Vögel sammeln, um ihre Nester
auszupolstern, die letzten Ameisen
sich noch am Mund zu schaffen machen, derweil etwas
Ungenaues und Vollkommenes
sich aus dem einzig verbliebenen Hauch
einer Vene oder Sehne herausbildet: etwas wie ein Lied,
das aber Gestalt annimmt, unerbittlich eigen,
neuer Atem und neue Vision, von der Stille gewonnen.

Hall of Mirrors, 1964

Quam angusta innocentia est,
ad legem bonum esse.
Seneca

It wasn't a fairground so much;
just an acre of clay on old man Potter's land
where someone had set up shop
to amuse the locals,

mayweed and trampled grass beneath our feet,
the perfumes that passed for summer
in towns like ours
touched, now, with the smell of candy floss

and diesel, and the early evening dusk
made eerie by those strings of *famille-verte*
and powdered-citrus light-bulbs round the stalls
where goldfish in their hundreds probed the walls

of fishtanks for the missing scent
of river.
That day, my mother wore her rose-print
sundress, antique-green

and crimson in the off-white
fabric, some new flora growing wild
in infinite reflection, while I turned
and turned, and couldn't find myself until

she picked me out: a squat
intruder in the garden she had made,

Spiegelkabinett, 1964

Quam angusta innocentia est,
ad legem bonum esse.
Seneca

Es war nicht gerade ein Rummelplatz,
sondern nur ein Lehmacker, der dem alten Potter gehörte,
auf dem jemand ein paar fliegende Bauten aufgestellt hatte,
um die Ortsansässigen zu belustigen,

wo man über Kamille und zertrampeltes Gras lief
und die Düfte, die in einem Ort wie dem unseren
den Sommer ausmachten,
sich nun mit den Gerüchen von Zuckerwatte und Diesel

vermengten, und wo die Abenddämmerung
etwas Unheimliches bekam: von den Lichterketten
mit ihren *famille-verte* und zitronenschalenfarbigen Glühbirnen,
die an Buden hingen, in denen Hunderte von Goldfischen

ihre Glaswände abtasteten und das Aroma eines Flusses
suchten.
An jenem Tag trug meine Mutter ein leichtes Sommerkleid
mit Rosenmuster, antikgrün

und karmesinrot auf dem weißgelben
Stoff, eine neuartige Flora, die in unendlicher Spiegelung
wucherte, während ich mich immer wieder
im Kreis drehte und mich doch nicht finden konnte,

bis sie mich ausfindig machte: einen plumpen
Eindringling in dem von ihr angelegten Garten,

blearfaced and discontent, more beast than boy,
more fiend than beast.

That wasn't me, of course; I knew as much;
and yet I knew the creature I had seen
and, when I turned again and saw him
gazing back at me, *ad infinitum,*

I knew him better: baby-faced
pariah; little
criminal, with nothing to confess
but narrow innocence

and bad intentions.
The backrooms of the heart are Babylon
incarnate, miles of verdigris and tallow and the cries
of hunting birds, unhooded for a kill

that never comes.
I saw that, when I saw this otherself
suspended in its caul of tortured glass,
and while I tried pretending not to see, my mind

a held breath in a house I'd got by heart
from being good according to a law
I couldn't comprehend, I saw
– and believed my mother saw –

if only for a moment, what I was
beyond the child she loved, the male
homunculus she'd hoped I'd never find
to make me like my father, lost

trübäugig und missmutig, mehr Bestie als Bub,
mehr Unhold denn Bestie.

Dass ich nicht *der* sein konnte, so viel war klar;
doch erkannte ich das Wesen schon, das ich da gesehen hatte,
und als ich mich erneut umdrehte und sah,
wie er mich, *ad infinitum*, anschaute,

kam er mir bekannter vor: ein Ausgestoßener
mit Milchgesicht, ein kleiner
Schurke mit nichts weiter zu beichten
als bornierter Unschuld

und bösen Absichten.
Die Hinterstuben des Herzens sind fleischgewordenes
Babylon, meilenweit Grünspan und Talg und die Schreie
von Raubvögeln, die für einen Riss enthaubt wurden,

der niemals kommen wird.
All das sah ich, indem ich jenes andere Ich anschaute,
in seiner Glückshaube aus verzerrtem Glas schwebend,
und obwohl ich vorzutäuschen versuchte, dass ich nichts sah,

meine Gedanken wie angehaltener Atem in einem Haus, das ich
auswendig kannte, weil ich immer brav nach einem Gesetz
gehandelt hatte, das ich nicht verstand, sah ich –
und glaubte, dass auch meine Mutter sah –

wenn auch nur flüchtig, das, was ich war, jenseits des Kindes,
das sie liebte: der männliche Homunkulus,
den, hoffte sie, ich nie entdecken
und so wie mein Vater werden würde: verloren

and hungry, and another mouth to feed
that never quit its ravening.
A moment passed;
I was convinced she'd seen,

but when I turned to look, her face was all
reflection, printed roses and a blear
of Eden from that distance in the glass,
where anything can blossom, Judas tree and tree

of knowledge, serpents gnawing at the roots, the life
perpetual, that's never ours alone,
including us, till everything
is choir.

und hungrig, ein Maul mehr, das sie ernähren musste,
und das mit dem Verschlingen nie aufhörte.
Ein Augenblick ging vorbei;
ich war sicher, dass sie es gesehen hatte,

aber als ich mich nach ihr umwandte, war ihr Gesicht
ganz Spiegelbild, bedruckte Rosen und – weit
entfernt im Glas – die verschwommene Andeutung eines Eden,
wo alles Mögliche blühen könnte: Judasbaum und Baum

der Erkenntnis, Schlangen, die an Wurzeln nagten, das ewige
Leben, das niemals uns allein gehört,
das uns einschließt, bis alles
Chor ist.

Spiegelkabinett, Berlin, 2012

A room inside a room, all light and air
until we enter through a mirrored door
that, when we close it, folds into the wall
and disappears.
It's almost empty; light above our heads
then space beneath us, so it seems we'll fall –
father and son, gone gently to the dark
like Alice, in her slow-mo rabbit hole.
He tells me it's a *Spiegelkabinett*
– he read it on a sign, but doesn't know
what that would be in English.
I think a while, then say: *A Mirror Maze,*
remembering that scene where Orson Welles
and Rita Hayworth – recently divorced –
kill their reflections over and over again
in *Lady from Shanghai.*
He's making random faces in the glass
to test himself, mock variants of loss
and cartoon fear, mad genius, evil twin;
he works them out, then calls so I can look
– no point pretending, if it isn't shared –
and though I'm smiling, what I think he sees
is worry and cause for worry, how my life
is not the life he thinks of, when he thinks
of being happy.
I want to say *it's fine, it's just not*
how you think it is, or ought to be –
but now I'm at the centre of the room

Spiegelkabinett, Berlin, 2012

Ein Raum im Raum, ganz Licht und Luft,
bis wir durch eine verspiegelte Tür treten,
die beim Schließen in die Wand einklappt
und verschwindet.
Er ist fast leer; über unseren Köpfen hell,
unter uns ein Abgrund, so werden wir fallen,
Vater und Sohn sanft ins Dunkel gehen –
wie Alice im Kaninchenbau, ein Zeitlupensturz.
Er sagt mir, das sei ein *Spiegelkabinett*
– er habe es am Schild gelesen und weiß
nicht, wie es auf Englisch heißt.
Ich denke nach und sage: *A Mirror Maze,*
und erinnere mich an die Szene in *Die Lady von Shanghai,*
in der Orson Welles und Rita Hayworth – kurz
nach der Scheidung – ihre Spiegelbilder
immer wieder töten.
Wahllos zieht er Grimassen im Spiegelglas,
versucht, sie zu meistern: Varianten des Verlusts,
Angstfratzen, verrücktes Genie, böser Zwilling;
er erprobt sie, lässt mich sie dann begutachten
–sinnlos etwas vorzuspielen, wenn keiner was sieht –,
und obwohl ich lächele, kommt es mir vor,
als sähe er in mir nur Sorge oder Grund zur Sorge,
und wie mein Leben das nicht ist, was er
für Glück hält.
Sagen will ich: *es ist schon gut, nur nicht so,*
wie du denkst, oder denkst, dass es sein sollte –
doch inzwischen stehe ich selbst mitten im Raum,

turning around to see myself again
and then again, arrested in the glass,
an Everyman with nothing in his face
but fifty years of average wear and tear,
and somewhere, in those halted satyr's eyes,
a stray voice from the schoolyard, folded neat
and put away a lifetime for safekeeping.
It's me, of course, and yet, if I were pressed,
I couldn't say who that man's father is,
and no one here could be my father's son;
what's father to this shadow of a man
is some bright flaw or phantom in the child
he played for years, a glimmering of wild
that never showed itself, except in passing;
what's son to him, a child he can't protect
from public cheats and smug self-regulation,
liars in boardrooms, neighbours he cannot trust,
and children making sport of what he hopes
will last; because they do: we're always
fearful of the image in the glass
that might, in some far nightmare, find us out
as mine does: me, my father, no man's son,
the stumbling figure in the mirror maze
who knows what's right – he's talking about love –
but cannot make it happen, though the shots
ring out and all those persons he became
are shattered, till there's nothing but the frame
where no one stands, though almost anyone
could find his way, through love and loss of love,
to this finale, orphaned, far from home.

drehe mich im Kreis, drehe mich immer wieder,
um mich zu sehen, im Spiegel festgehalten:
ein Jedermann, dessen Gesicht nichts zeigt
als fünfzig Jahre von durchschnittlichem Verschleiß
und irgendwo in den Augen jenes zagen Satyrs
eine herrenlose Schulhofstimme, sauber gefaltet,
und zwecks lebenslanger Verwahrung beiseitegelegt.
Ich bin es natürlich, doch auch wenn ich es müsste,
könnte ich nicht sagen, wer der Vater jenes Mannes ist,
und auch meines Vaters Sohn könnte keiner hier sein;
denn was ihm Vater ist, diesem Schatten eines Mannes,
war irgendein schillernder Bruch oder Kobold im Kind,
das er jahrelang spielte, ein Schimmer des Wildfangs,
der nur vorübergehend zum Vorschein kam;
und was ihm Sohn ist: ein Kind, das er nicht schützen kann
vor staatlichen Gaunern und süffisantem Spargehabe,
Lügnern im Vorstand, vertrauensunwürdigen Nachbarn,
Kindern, die alles verspotten, worauf er baut;
denn so ist es: immer fürchten wir uns
vor jenem Spiegelbild, das uns in irgendeinem
fernen Alptraum heimsuchen könnte, so
wie es meines tut: ich, mein Vater, niemandes Sohn,
die taumelnde Figur im Spielgellabyrinth,
der weiß, was richtig ist – er spricht von Liebe –,
aber nichts umsetzen kann, wenngleich die Schüsse
erschallen und all die Personen, die er einmal war,
zerschellen, bis nichts mehr bleibt als ein Rahmen,
in dem niemand steht, auch wenn fast jeder
den Weg – durch Liebe und den Verlust von Liebe– zu diesem Finale
finden könnte, verwaist, weit entfernt von zu Hause.

At the Entering of the New Year

(Homage to Thomas Hardy)

The future isn't
what it used to be.
Yogi Berra

Since it's not what it used to be,
the future is ours,

years to regret the bodies we dissolved
in Pinot Noir

and Paracetamol,
a decade or more to walk home in the rain

repeatedly, the yard light coming on
as if by magic;

and, having come this far,
can we take it as read

that nothing ever happened
for a reason,

that choosing is out of the question, as is luck,
and the surest mistake

is to think we will know
what matters when we see it?

A week of fog;
a strange car in the driveway;

Beim Eintritt ins neue Jahr

(Hommage an Thomas Hardy)

Die Zukunft ist nicht mehr das,
was sie einmal war.
Yogi Berra

Weil sie nicht ist, was sie einmal war,
gehört die Zukunft uns,

Jahre, um den Körpern nachzutrauern,
die wir in Pinot Noir

und Paracetamol auflösten,
ein gutes Jahrzehnt, in dem wir immer wieder

im Regen nach Hause laufen, wo das Hoflicht
wie durch Zauber angeht;

und da wir schon so weit sind,
könnten wir vielleicht einmal festhalten,

dass es nie einen Grund gibt,
warum etwas geschieht,

dass Wählen uns ebenso wenig zusteht wie Glück
und es keinen größeren Fehler gibt

als zu glauben, wir wüssten
beim ersten Anblick schon, worum es geht?

Eine Woche lang Nebel,
ein fremdes Auto in der Einfahrt,

a doll's house
in a front yard,

pearled with rain –
no one can read the signs, it's not

a narrative;
if moths know anything of love

it has nothing to do with the beautiful doom
we long for;

and if what we insist on calling
fate seems inexplicable or cruel

it's only because
we lack the imagination

to wish for what it brings,
to brighten it

with something more inventive
than dismay.

Late in the day,
but we're starting to like ourselves

and something feels true
that was always

in doubt
when it counted,

ein Puppenhaus
im Vorgarten,

mit Regenperlen bedeckt –
keiner kann die Zeichen lesen, sie sind

keine Erzählung;
wenn Motten etwas von Liebe verstehen,

dann hat es nichts mit dem schönen Abgrund zu tun,
den wir uns ersehnen;

und wenn das, was wir beharrlich Schicksal nennen,
uns unerklärlich oder grausam scheint,

rührt es nur daher,
dass unsere Phantasie nicht ausreicht,

uns das zu wünschen, was es bringen wird,
es also mit etwas Einfallsreicherem

als Entsetzen
aufzuheitern.

Es ist spät geworden,
aber wir beginnen, uns selbst zu mögen,

und etwas, was immer
in Zweifel stand,

als es noch zählte,
fühlt sich inzwischen wahrhaftig an,

not what we know, but the things
we've decided to keep,

a ribbon of wilderness
out on the rim of our days,

the fine-grain of happy, the snowstorms,
the art of fugue,

some thirteen-minute loop
of grainy footage

running, for auld lang's syne,
at the back of our minds.

nicht das, was wir wissen, sondern das,
was wir bewahren wollen:

ein Streifen Wildnis
draußen am Rand unsrer Tage,

das Feinkorn des Glücks, Schneestürme,
die Kunst der Fuge,

irgendeine dreizehnminütige,
unscharfe Filmschleife,

die des *auld lang syne* wegen
im Hinterkopf abspult.

Devotio Moderna

But love always moves each man according to the profit and the ability of each.
John of Ruysbroeck

This is the life: a pause for the briefest
rehearsal of someone else
at the back of my mind,

the soul friend
as the hollow of a bowl,
or how the house would smell
if I were gone.

It comes across as something
ancient, stark
caesura and the light that signs me out
from everything I know about the world,

the light of what could seem abandonment,
its weight and fit
like folkright, or good favour;

though, really, it's nothing more than one last
courtesy imposed by *ding an sich*,
now that I've come to the end
of my picture book world,

hand-coloured field guides and several different
species of oriole, lost in the turn of a page,
foxgloves and that childhood

Devotio Moderna

Die Minne aber bewegt allzeit,
dem Nutzen und der Tauglichkeit
eines jeden entsprechend.
Jan van Ruysbroek

Das ist das Leben: eine Pause für das flüchtige
Proben einer anderen Person
in meinem Hinterkopf,

des Seelenfreunds
als Wölbung einer Schale,
oder wie das Haus riechen würde,
wenn ich nicht da wäre.

Es begegnet einem wie etwas
aus uralten Zeiten, scharfe
Zäsur und das Licht, das mich
von allem trennt, was ich vom Leben weiß,

ein Licht, das etwas wie Hingabe scheint,
zumal sich sein Gewicht und Maß
wie Volksrecht oder Gnade anfühlen,

das aber nichts weiter ist als eine letzte
Ehre, die mir das *Ding an sich* zumutet,
nachdem ich am Ende
meiner Bilderbuchwelt angelangt bin:

ausgemalte Bestimmungsbücher und mehrere
Pirolarten, alle beim Umblättern verloren,
Fingerhut und jenes kindliche

pink that doesn't happen any more,
towpaths, a sense of occasion, rotation farming,
unspoken love, the seasons, alpenglow.

Some bitterness, perhaps; but, truth to tell,
I could be fond of anything right now
as long as it came from a place
that didn't feel interrupted,

no question of what we mean when we say
familiar,
the print of sand or heathland on the skin

or how I have tried, in passing, to describe
the quiet, when a last train pulls away
and leaves me on the platform, something bright
and watchful at the far end of the tracks,

a ghost, of sorts, though no one I would know,
much like the sound a neighbour makes, coming downstairs
on New Year's morning, silence on the streets
and every window
strung with coloured lights,
crimson and gold,
to tell the lives of others.

Rosa, das so nicht mehr vorkommt,
Treidelpfade, das Gespür fürs Feierliche, Fruchtfolge,
unausgesprochene Liebe, die Jahreszeiten, Alpenglühen.

Ein wenig Bitterkeit vielleicht; aber offen gestanden,
könnte ich gerade jetzt an vielem Gefallen finden,
solange es von einem Ort kommt,
der nicht unterbrochen anmutet,

keine Frage, was wir meinen, wenn wir vom
Vertrauten sprechen,
den Abdruck von Sand oder Heidekraut auf der Haut,

oder wie ich im Vorübergehen versucht habe, die Stille
zu beschreiben, wenn der letzte Zug abfährt und mich
auf dem Bahnsteig zurücklässt, während am anderen Ende
der Schienen etwas Helles und Waches erscheint,

ein Gespenst, sozusagen, wenn auch keiner, den ich kenne,
etwa dem Geräusch ähnlich, wenn am Neujahrsmorgen ein Nachbar
die Treppe herunterläuft und draußen die Straßen schweigen
und jedes Fenster
mit Lichterketten geschmückt ist,
goldgelb und purpurrot,
um das Leben der Anderen zu erzählen.

Hôtel de Grave

nunc, et in hora mortis nostrae

Sometimes I am troubled by the light
that streams across the wall, then disappears,

since every car that passes might be yours:
you at the wheel, your body full of night

– cicada songs, the scent of marguerites,
the minor key of grace that runs for hours

on country roads, beneath a tide of stars
more felt than seen. I'm sluggish with the heat

and far too ready, these days, to believe
you're there – a resurrection, driving south

for hours, *in hora mortis,* to arrive
intact, beneath my window: time of death

a fiction, in the oleander dawn,
and footprints, new as rain, crossing the lawn.

Hôtel de Grave

nunc, et in hora mortis nostrae

Manchmal beunruhigt mich das Licht,
das an der Wand entlangrinnt, dann erlischt,

denn jeder Wagen, der vorbeifährt, könnte deiner sein:
du sitzt am Steuer, dein Körper voll von Nacht

– Zikadengesang, der Duft von Margeriten,
das Moll einer Gnade, die stundenlang an solchen

Landstraßen unter einem Sog von Sternen währt,
die mehr gespürt als gesehen werden. Die Hitze macht

mich träge, und inzwischen glaube ich nur zu gern,
dass du da bist – eine Auferstehung, seit Stunden

gen Süden gefahren, *in hora mortis,* um unversehrt
vor meinem Fenster anzukommen: Todeszeit

als Fiktion im Oleanderrosa der Morgenröte,
und Fußspuren, neu wie Regen, die den Rasen überqueren.

On the Vanishing of my Sister, Aged 3, 1965

They saw her last in our garden of stones and willows.
A few bright twigs and pebbles glazed with rain
and, here and there, amidst the dirt and gravel,
a slick of leaf and milkstone, beautiful
for one long moment in the changing light.
Then she was gone.
My mother had looked away
for a matter of seconds
– she said this, over and over,
as if its logic could undo
the wildness of a universe that stayed
predictable for years, then carried off
a youngest daughter;
my father was in the room at the back of our prefab,
watching the new TV, the announcer
excited, Gold Cup Day
and Arkle romping home by twenty lengths.
Maybe we have to look back, to see
that we have all the makings of bliss – the first spring light,
the trees along the farm road
thick with song;
and surely it was this
that drew her out
to walk into the big
wide world, astonished, suddenly at home
no matter where she was.

Vom Verschwinden meiner Schwester im Alter von 3 Jahren, 1965

Man hatte sie zuletzt in unserem Garten aus Steinen und Weiden gesehen.
Ein paar Zweige und Kiesel, schimmernd, vom Regen glasiert,
und hier und da zwischen Schlamm und Schotter
ein Fleckenteppich aus Blättern und Milchstein, für einen einzigen
Augenblick schön im ständig wechselnden Licht.
Und dann war sie weg.
Meine Mutter hatte für wenige Sekunden
weggeschaut
– das wiederholte sie auch immer wieder,
als könnte die Logik dieses Satzes
die Wildheit eines Universums ausbügeln, das seit Jahren
berechenbar geblieben war und dann auf einmal
die jüngste Tochter davonträgt;
mein Vater hatte sich im Hinterzimmer unseres Fertighauses aufgehalten
und im neuen Fernseher das Gold-Cup-Rennen geguckt,
bei dem Arkle zur Aufregung des Kommentators
mit zwanzig Längen Vorsprung spielend gewonnen hatte.
Vielleicht erkennen wir erst im Rückblick,
dass wir alle Voraussetzungen
für das Glück hatten – erstes Frühlingslicht,
die Bäume am Feldweg
voll mit Vogelgesang;
und genau das war es wohl,
was sie in die große weite Welt
gelockt hatte, erstaunt, plötzlich zu Hause,
egal, wo sie war.

It seems, when they found her,
she wasn't the least bit scared.
An hour passed, then another;
my mother waited, while our friends and neighbours
came and went, my father running out
to search, then back again,
taking her, once in his arms, and trying
vainly to reassure her,
she in her apron,
dusted with icing and flour,
and he too self-contained, too rudely male,
more awkward, now, than when he knew her first:
a marriage come between them, all those years
of good intent
and blithe misunderstanding.
It was Tom Dow who brought her home,
tears in his eyes, the boy we had always known
as the local bully, suddenly finding himself
heroic,
and when they brought her in
and sat her down,
we gathered to stand
in the light of her, life and death
inscribed in the blue of her eyes, and the sweet
confusion of rescue, never having been
endangered.
She's married now, and Tom is married too,
and I, like my father, strayed into
discontent,
not being what was wanted, strange to myself
and wishing, all the time,

Als man sie fand, wirkte sie
anscheinend gar nicht verängstigt.
Eine Stunde war vergangen, dann eine zweite;
meine Mutter wartete, während Freunde und Nachbarn
ein und aus gingen und mein Vater hinauseilte,
um zu suchen; bald kam er zurück
und nahm sie einmal in den Arm, versuchte
sie zu trösten, vergeblich,
wobei sie in einer mit Zuckerguss und Mehl
bestäubten Schürze einfach dastand, und er
zu sehr für sich war, zu unverschämt männlich,
ungeschickter noch als an jenem Tag, als er sie kennengelernt hatte,
zumal seither eine Ehe zwischen sie gekommen war: die vielen Jahre
guter Absichten
und unbekümmerter Missverständnisse.
Tom Dow war es, ein Junge, den wir
als Schulhofschläger kannten, und der sich nun
plötzlich als Held wiederfand,
der sie mit Tränen in seinen Augen nach Hause brachte,
und als man sie hereintrug
und auf einen Stuhl setzte,
scharten wir uns um sie und um das Licht,
das von ihr ausging, und Leben und Tod
standen in ihren blauen Augen, und auch die süße
Wirrnis ihrer Rettung, war sie doch niemals
in Gefahr gewesen.
Inzwischen hat sie geheiratet, auch Tom ist verheiratet,
und ich, wie mein Vater, bin in Missmut
versunken,
denn ich war nicht, was man wollte, war
mir fremd, der ich begehrte,

that I was lost,
out at the end of winter, turning away
to where the dark begins, far in the trees,
darkness and recent cold and the sense of another
far in the trees, where no one pretends
I belong.

selbst der Verschollene zu sein
und am äußersten Rand des Winters den Blick
dorthin zu richten, wo das Dunkel beginnt, in den fernen Bäumen:
Dunkelheit und eine neuere Kälte und das Gefühl, ein anderer
sei in den fernen Bäumen, wo niemand so tut,
als gehörte ich dorthin.

Sticklebacks

If only something else had been so real
we might have left them in the Fitty Burn,
the males electric blue
and crimson, females
silver in the flank
and wall-eyed,
when they slithered through our fingers;

but summers were always for hunting, a garland of bees
trapped in a Kilner jar, the hum of it
gorgeous to the hand, all life and rage
made abstract; redpolls
lured into a homemade
box-trap for my cousin's backyard
aviary, their throats and crowns

the rose-red of the Zephirine Drouhin
in our grandmother's pit-town garden
at Crosshill.
When fair days came, we stood
like herons, knee deep in the silt
and slither of the rockpools, dip-nets
poised to gather in the shining wisps

of wrasse and weever, distant, nameless lives
that paled to nothing
in the noonday sun,
just as the lunties died in their chicken-wire frames

Stichlinge

Wäre doch etwas anderes genauso real gewesen,
hätten wir sie vielleicht im Fitty-Bach in Ruhe gelassen,
die Männchen stahlblau
und karmesinrot, die Weibchen
mit silbriger Bauchseite
und schielenden Augen,
als sie uns durch die Finger glitten;

doch den Sommern gehörte die Jagd: eine Schar Bienen
im Einmachglas gefangen, ihr kribbelndes Summen
an der Handfläche, pulsierendes Leben und Wut
als Abstraktion; die Birkenzeisige,
die wir mit Blick auf die Hinterhof-Voliere meines Vetters
in eine selbstgebastelte Kastenfalle
lockten, deren Hals und Scheitel

rosarot waren wie die Zéphirine-Drouhin,
die im Garten meiner Großmutter
im Zechenort Crosshill wuchs.
Als die schönen Tage kamen, standen wir
wie Fischreiher bis zu den Knien im Schlick
und Schlamm der Gezeitentümpel, hielten
die Kescher bereit, um den Schimmer eines Lippfisches

einzufangen, ein Petermännchen, namenlose Wesen,
fernab von unserem Leben, die in der Mittagssonne
zu nichts verblassten,
wie auch die Hänflinge in ihren Maschendrahtkäfigen starben

and the sticklebacks dimmed in their jars till we grew dismayed
and would surely have given them back
if we'd only known how,

come to a stop in an acre
of willow herb, dusk on the way
and the colours of everything, grassweed and Himalayan
balsam, butterflies
and lily beetles failing in the grey
that came to find us, calling us by name,
anchor and limit, singling us out for the dark.

und die Stichlinge in Gläsern matt wurden, so dass wir
bestürzt waren und sie sicher zurückgegeben hätten,
hätten wir nur gewusst, wie,

die wir kurz vor der Abenddämmerung
an eine Stelle gekommen waren, wo Weidenröschen wuchsen
und wo in der einbrechenden Dämmerung
sämtliche Farben, ob von Seegras oder
Springkraut, Faltern
oder Lilienhähnchen, verblassten und in jenes Grau übergingen,
das uns aufsuchte und beim Namen rief,
Anker und Schranke, ausgefischt für die Dunkelheit.

Peregrines

Soon they will kill the falcons that breed in the quarry
(it's only a matter of time: raptors need space
and, in these parts, space equals money);

but now, for a season, they fly low over the fields
and the thin paths that run to the woods
at Gillingshill,

the children calling out on Sunday walks
to stop and look
                                        and all of us
pausing to turn in our tracks while the mortgaged land

falls silent for miles around, the village below us
empty and grey as the vault where its money sleeps,
and the moment so close to sweet, while we stand and wait

for the flicker of sky in our bones
that is almost flight.

Wanderfalken

Bald werden sie die Falken töten, die im Steinbruch brüten
(es ist nur eine Frage der Zeit: Raubvögel brauchen Freiraum,
und Raum in dieser Gegend ist Geld);

doch jetzt fliegen sie noch eine Zeitlang tief
über die Felder und schmalen Wege vor dem Wald
bei Gillingshill,

weshalb uns die Kinder beim Sonntagsspaziergang zurufen,
wir sollten anhalten und hinschauen,
                                                            und tatsächlich
drehen wir uns alle um: das verpfändete Land

liegt weithin still, das Dorf unten
so trist und grau wie der Tresor, in dem sein Geld schläft,
und der Augenblick ist nahezu selig: wir halten inne, warten

auf jenes Himmelsflackern in unseren Knochen,
das beinahe Fliegen ist.

Choir

I think, if I tried, I could go back and sing again
no worse than I did at twelve, when my voice broke too soon
and I moved to the back of the choir on practice days,
mouthing the words and hoping that no one would hear
the missing soprano.
I stayed for the sudden dark at the stained glass window,
the sense of a vigil it gave me, like waiting for snow
at the presbytery door, a shape stealing in from the cold
to claim me for some lost kingdom; I stayed for the candles
and, off to the side of the altar, the theatre of absence
that made more sense, to me,
than our Sunday School God.

Close to retirement, the choirmaster hammered away
at the upright piano,
not for a moment
deceived, so much
in tune with us, he knew each voice by name,
the way a herdsman knows his animals:
the Cunningham twins, their faces so alike
that no one could tell them apart, until they sang;
the Polish boy, Marek; the grammar school beauty who smelled
like cinnamon after the rain
– he knew us all by heart, each voice he heard
combining with every child he had taught to sing
through a lifetime of choir, so thoroughly rehearsed
he swore he would pick us out
on Judgement Day.

Chor

Wenn ich es wollte, würde ich wohl heute nicht schlechter singen
wie damals mit zwölf, als ich zu früh in den Stimmbruch kam
und mich fortan bei Chorproben in die hinterste Reihe stellte,
wo ich, in der Hoffnung, keiner würde den Sopran vermissen,
die Worte lautlos mit den Lippen formte.
Ich blieb wegen der plötzlichen Dunkelheit vor den Buntglasfenstern,
als hielten wir eine Nachwache ab, oder als ob ich am Eingang
des Pfarrhauses auf den Schneefall wartete, jene kalte Gestalt, die mich
in ein vergessenes Königreich verschleppen würde; ich blieb
wegen der Kerzen, und, abseits des Altars, wegen des Theaters der Abwesenheit,
das – mir zumindest – mehr bedeutete
als der Gott im Kindergottesdienst.

Kurz vor seiner Pensionierung pflegte der Kantor
das Klavier mit Inbrunst
zu bearbeiten und ließ sich von nichts
und von keinem was vormachen, stand er doch
mit uns so sehr in Einklang, dass er, einem guten Hirten gleich,
jede Stimme seiner Herde mit Namen kannte:
die Zwillinge Cunningham etwa, so ähnlich,
dass keiner sie auseinanderhalten konnte, bis sie sangen;
den Polen Marek; eine Gymnasiumschönheit,
die wie Zimt nach einem Regenschauer duftete
– er kannte uns alle auswendig, und jede Stimme, die er hörte,
wirkte in dermaßen gut durchgeprobter Weise mit jedem Kind zusammen,
dem er während all den Jahren als Chorleiter das Singen beigebracht hatte,
dass er, so schwor er, jeden einzelnen von uns
am Jüngsten Tag heraushören würde.

I turned up every week for six months more;
and all that time he kept
my secret, each of us
pretending not to know the other knew.
I mouthed the words; he played; nobody guessed,
or everyone did; it doesn't matter now.
Later I switched to blues and The Rolling Stones,
Mandies and cider, Benzedrine, Lebanese;
so, though I wanted to, I couldn't
make it to Our Lady's on the day
they buried him next to his wife, in the steeltown rain,
to prepare for the Second Coming; and anyway,
despite the years of Kyries and hymns,
I never quite saw the point
of the life to come; back then it seemed
that, like as not, most everything runs on
as choir: all one; the living and the dead:
first catch, then canon; *all one breath.*

Weitere sechs Monate ging ich wöchentlich hin;
und während dieser Zeit behielt er
mein Geheimnis für sich, wobei jeder so tat,
als wüsste er nicht, dass der andere wusste.
Ich bildete die Worte mit den Lippen; er spielte; keiner ahnte etwas,
oder alle ahnten es; inzwischen ist es egal.
Später stieg ich auf Blues und die Rolling Stones um,
auf Mandies und Cidre, Benzedrin, Roten Libanesen;
und obwohl ich es vorhatte, habe ich der Beisetzung
neben seiner Frau im Stahlstadtregen nicht beigewohnt,
wo sie im Kirchhof von Our Lady's
der Wiederkunft Christi harren sollten; dazu kommt,
dass ich trotz all der Jahre der Kyrie und Hymnen
den Sinn eines zukünftigen Lebens
nie so richtig begriffen habe; damals schien es
eher so, als ob so ziemlich alles als Chor
weiterläuft: alles in Einem; die Lebenden und die Toten:
erst Catch, dann Kanon; fugal; *einerlei Odem.*

Nachwort

von Iain Galbraith

Auf die Frage, worum es in seinen Gedichten geht, hat der unweit der schottischen Universitätsstadt St. Andrews lebende Lyriker und Romancier John Burnside einmal folgende Antwort gegeben: »Wenn ich morgens auf dem Lande in Fife aufwache, höre ich die Schafe meines Nachbarn blöken und vielleicht den Schrei eines Bussards, und bis zu einem gewissen Grad kann man sagen, dass es in meinen Gedichten genau ›darum geht‹: um alltägliche Erfahrungen, die Landschaft, das Leben der anderen Tiere, das Licht an gewissen Wintertagen an einem bestimmten schottischen Ort – eben um die anscheinend unscheinbaren Einzelheiten des Hier und Jetzt«. Und es stimmt: Immer wieder greifen John Burnsides Gedichte Augenblicke auf, in dem einer vor die Haustür tritt oder auf einem Landweg geht oder nach Hause fährt und sich dem öffnet, was gerade geschieht, oder manchmal auch nicht geschieht – oder es stellt sich ein Kontinuum ein, das beide dieser Möglichkeiten gleichzeitig zulässt, wobei Burnside die Gleichzeitigkeit scheinbar sich gegenseitig ausschließender Alternativen bisweilen (in Anlehnung an den französischen Dichter Paul Éluard) folgendermaßen auflöst: »Es gibt zwar eine andere Welt, aber sie ist in dieser«.

Bei Sondierungen in der heimischen Umgebung kommt es in Burnsides Gedichten tatsächlich zu Begegnungen mit »anscheinend unscheinbaren Einzelheiten«, zum Beispiel mit Geräuschen, Tieren und Pflanzen oder Wettererscheinungen, auch mit eigenen Erinnerungen und Sorgen, doch sie finden meist als ›Nocturne‹ oder im abendlichen Dämmerlicht statt, wenn die Zwischenräume, Konturen und Grenzen (einschließlich der zeitlichen), die unseren alltäglichen Austausch mit natürlichen und menschlichen Ordnungen strukturieren, zumindest vorübergehend an Definition zu verlieren scheinen. Auch die vorliegende Sammlung – die die schönsten Gedichte vor allem der letzten zehn Jahre aus Gedichtbänden wie *Gift Songs* (2007), *Black*

Cat Bone (2011) und *All One Breath* (2014) versammelt – beginnt mit einem solchen quasi-häuslichen Szenario: »Ich hörte etwas draußen am Tor / und ging, um nachzusehen. / Tiefste Nacht; Neuschnee, langsam füllte sich / der Lärchenwald: Sterne unter den Sternen« *(Confiteor)*. Der Drang nachzusehen, zu erforschen, was gerade im persönlichen Umfeld vor sich geht, oder sich als Geräusch oder Bewegung ›anmeldet‹, markiert aber immer den Anfang einer poetischen Erkundung, die das Ineinandergreifen von Bekanntem und Ungeahntem, vom Heimischen und Unheimlichen unvermeidlich zulässt, ja geradezu beschwört.

John Burnside hat einmal zu Protokoll gegeben, dass das, was alle seine Gedichte eint, die Suche nach *home* sei. Beim Lesen der Gedichte findet man allerdings rasch heraus, dass das, was er als *home* bezeichnet, etwas hochgradig Komplexes, von Forschungs- und Denkreisen Angereichertes, gar stets Infragegestelltes meint, an das solch eher gemütlich anmutende Übersetzungen wie ›Zuhause‹ oder ›Heimat‹ wohl kaum – oder wenn, dann nur gleichsam als Trittstein im ökologischen und metaphysischen Geflecht dieses einen lyrischen Werks – heranreichen können. Denn die Suche nach *home* setzt für Burnside weder Privileg noch Eigentum noch Abstammung voraus, sondern vielmehr ein kontinuierliches, planetarisches Wohnen-*Lernen*. Wer sich in diesem Sinn auf den heimischen Ort einlässt, setzt gleichzeitig – und willentlich – das Nicht-Erfassbare, das Unheimliche und Wilde frei, und gerade dort, wo dieser Mensch, wie Burnside in einem Gedicht schreibt, »den weiten Himmel und die Felder kenn[t]« *(De anima)*, lernt er auch als Orts- und Weltkundiger die fremde »Präsenz des Ungesagten« *(Taxonomie)* schätzen. Bei aller Kenntnis der Poetik John Burnsides verschlagen einem die letzten Zeilen des Gedichts *Confiteor*, das doch so beschaulich begann, dennoch die Sprache: »Ich lauschte eine Weile; / es rührte sich nichts / – ich drehte mich um und ging zum Haus zurück, / die Lampe im Eingang verschüttete meterweit Gold, / Schnee lag vor der offenen Tür, und wieder / jener ferne Schrei im Dunklen, hinter meinem Rücken / und tief in der Quelle meiner Kehle, / so ich lebe und atme.« Frappierend an diesem Gedicht ist nicht nur das fast schamanenhafte ›Bekenntnis‹ zum intimen Nebeneinander von Wildem und Wohnlichem, sondern auch der Titel: In *Confiteor* geht es aber weniger um das Schuldbekenntnis der katholischen Liturgie im praktischen Sinne als um das feierliche Bekenntnis eines Dichters zur poetischen Quelle der Sprache als lebendigen und hoffnungsvollen Ort der Begegnung, wenn nicht der Einheitlichkeit, von Mensch und Natur.

Zum Erkunden der »Einzelheiten« der Welt gehört auch ein genaues Wissen über ihre offenkundige, aber auch ihre versteckte Topologie. Im Gedicht *Ny-Hellesund,* einem der *Vier Quartette,* die mit T. S. Eliots gleichnamigem Spätzyklus nicht nur den Titel, sondern auch viele Themen – etwa Zeit, Tod, Verwandlung, Unzulänglichkeit der Sprache, Orte – teilen, schreibt John Burnside: »Alles kartiert die eigene Welt, / und die Welt, die es gibt, / ist die heutige Summe / all unserer Navigation: / Netzwerke von Panik und Sehnsucht, / Fahrpläne aus Ginster, / der Fluss im Dämmerlicht, / der ins sanfte Wiegen / von Kühen und Bienen schwindet«. Bei solchen Vermessungen wird der Blick des Lesers nicht selten an solche Randphänomene hingeführt – Zäune, Hecken, Grünstreifen am Straßenrand, Strände, auch Dämmererscheinungen und vergessene oder verwahrloste Gebäude jeder Art – die sich im Raum des Gedichts als Schwellen erweisen, als Orte der Wandlung. Im Übergang findet das Gedicht Zugang zu einer Wirklichkeit, deren Beschaffenheit sich *in statu nascendi* befindet, »wo riesige Wellen von Klang und Licht / zu Fingern (…), Augenlidern, Schultern, Haar« werden *(Ny-Hellesund).* Explizit greift der Dichter dabei sowohl auf die keltische Folklore zurück, zum Beispiel auf den ursprünglich irischen Begriff »idir eathara« *(Le Croisic),* als auch auf eine reiche europäische philosophische und literarische Tradition, die unter anderem über Shakespeares *Sonette,* Edmund Spencers *Mutabilitie Cantos,* Spinozas Begriff der *natura naturans* und die Naturphilosophie lateinischer Dichter wie Lukrez *(De rerum natura)* und Ovid *(Metamorphosen)* bis hin zu den Fragmenten des griechischen vorsokratischen Denkers Heraklit zurückblickt.

Seine lyrische Disziplin hat Burnside in seinem Aufsatz ›Poetry as Ecology‹ (Dichtung als Ökologie) in erkenntnistheoretischen Termini als »eine Form von *scientia*« beschrieben, als eine »Technik, das Authentische einzufordern, eine Methode, das Reale wiedereinzusetzen« und als »einen lyrischen, sich langsam vortastenden Versuch zu verstehen und beschreiben, wie wir in dieser außergewöhnlichen Welt sinnvoll wohnen könnten«. Der charakteristische visuelle Aufbau vieler seiner Gedichte – der Gebrauch von Lücken und Leerzeilen und abgestuften Zeilenbrüchen, Atempausen, die auch als Denkpausen oder Gedankentrittsteine dienen können – bekräftigt den Rhythmus der Suchbewegungen und weist auf eine Lyrik hin, die sich als eine Art von Labor oder Werkstatt versteht. So erforscht Burnsides Poetik – analog der eines Übersetzers – den *orbis alius* eines »Andersleben der Dinge«, die »mit Abwesenheit begnadet« sind und »eine andere Sprache« sprechen *(Felder)*. Wie eingangs betont, geht es ihm jedoch keineswegs um eine Welt, die außerhalb der unseren läge. Vielmehr versuchen seine Gedichte das Verschüttete, Verlorene, Versteckte, Untergetauchte und dennoch Wesentliche des Hier und Jetzt beinahe schon methodisch zum Vorschein zu bringen: »Die Kunst liegt im Schaffen / nicht im Geschaffenen // angefangen, wo man in aller Muße die Gedanken bis zur Grenze / und zum Äußersten abrollen lässt: / jene halbe Meile / von Schatten im Pinienwald / oder der Rand // eines Feuchtgebiets – Schilf und Weide/ wie Trauernde / im Dunkeln eng verbunden – // und / plötzlich diese Doppeldeutigkeit von Lebermoos oder Birke / die auf ein Niemandsland hindeutet/ oder aufs Ende der Reise.« Im labilen Kreis der Metamorphosen kann auch das Allerunwahrscheinlichste aus der kleinsten aller »anscheinend unscheinbaren Einzelheiten« entstehen, »wo Frösche und Libellen / wie aus dem Nichts auftauchen / und das Himmelreich / in jeder Verschiebung von Farbe oder Abstufung nahe ist« *(Koi)*.

Wiesbaden, Juni 2016

Textnachweise

der englischen Erstveröffentlichungen

The Myth of the Twin, 1994: *The Pit Town in Winter*

The Asylum Dance, 2000: *Ports * Settlements * Fields * Roads*

The Light Trap, 2002: *Heatwave * Koi*

Gift Songs, 2007: *Four Quartets*

The Hunt in the Forest, 2009: *The Hunt in the Forest * Poppy Day * Rich * Old Man Swimming*

Black Cat Bone, 2011: *The Fair Chase * Faith * Pieter Breughel: Landscape with Skaters and Bird Trap, 1565 * On the Fairytale Ending * Loved and Lost * Hyena * Late Show * From the Chinese*

All One Breath, 2014: *Instructions for a Sky Burial * Hall of Mirrors, 1964 * Spiegelkabinett, Berlin, 2012 * At the Entering of the New Year (Homage to Thomas Hardy) * Devotio Moderna * Hôtel de Grave * On the Vanishing of my Sister, Aged 3, 1965 * Sticklebacks * Peregrines * Choir*

Still Life with Feeding Snake, 2017: *Confiteor*

John Burnside, 1955 in Dunfermline, Schottland, geboren, ist einer der bedeutendsten schottischen Gegenwartsautoren. Er studierte Sprachen in Cambridge und lebt seit 1996 als freier Schriftsteller im schottischen Fife. Seine Gedichtbände, Erzählungen und Romane wurden mit zahlreichen Preisen ausgezeichnet. Zuletzt erschienen die Erinnerungsbücher *Waking Up in Toytown* (2010) und *I Put a Spell on You* (2014), die Gedichtbände *The Hunt in the Forest* (2009) und *All One Breath* (2014), die Kurzgeschichtensammlung *Something Like Happy* (2013) sowie der Roman *A Summer of Drowning* (2012). 2011 wurde Burnside für seinen Gedichtband *Black Cat Bone* (2011) mit dem T. S.-Eliot-Preis ausgezeichnet. Bei Hanser erschien 2011 der Gedichtband *Versuch über das Licht.*

Iain Galbraith, 1956 in Glasgow geboren, studierte Sprachen und Komparatistik in Cambridge, Freiburg im Br. und Mainz. Er ist Lyriker, Übersetzer und Essayist und wurde für seine Arbeit als Übersetzer mit dem Popescu European Poetry Translation Prize (2015) ausgezeichnet. Bei Hanser erschien 2011 seine Übersetzung von John Burnsides Gedichtband *Versuch über das Licht.*